Contents

저자 **쿠마나노**

일러스트 **029**

옮긴이 **김보라**

🐻 스킬

▶이세계 언어
이세계의 언어가 일본어로 들린다.
이야기를 하면 이세계의 언어로 상대방에게 전달된다.

▶이세계 문자
이세계의 문자를 읽을 수 있다.
글자를 쓰면 이세계 문자가 된다.

▶곰의 이차원 박스
흰 곰의 입은 무한으로 벌어지는 공간이다.
어떤 물건이라도 넣을(먹을) 수 있다.
단, 살아 있는 것을 넣는(먹는) 건 안 된다.
들어가 있는 동안에는 시간이 멈춘다.
이차원 박스에 넣은 물건은 언제든 꺼낼 수 있다.

▶곰 관찰경
흑백 곰 옷의 후드에 있는 곰의 눈을 통해 무기와 도구
의 효과를 볼 수 있다.
후드를 쓰지 않으면 효과는 발동되지 않는다.

▶곰 탐지
곰의 야생의 힘으로 마물이나 사람을 탐지할 수 있다.

▶곰 지도
곰의 눈이 본 장소를 지도로 만들 수 있다.

▶곰 소환수
곰 장갑에서 곰이 소환된다.
검은 곰 장갑에서는 검은 곰이 소환된다.
흰 곰 장갑에서는 흰 곰이 소환된다.

▶곰 이동 문
문을 설치하여 서로의 문을 왔다 갔다 할 수 있게 된다.
문을 3개 이상 설치한 경우에는 행선지를 상상하여 이동
할 곳을 정할 수 있다.
이 문은 곰 장갑을 사용하지 않으면 열리지 않는다.

🐻 마법

▶곰 라이트
곰 장갑에 모은 마력으로 곰 형태의 빛을 생성한다.

▶곰 신체 강화
곰 장비에 마력을 통하게 함으로써 신체를 강화할 수
있다.

▶곰 불 속성 마법
곰 장갑에 모은 마력으로 불 속성의 마법을 사용할 수
있다.
위력은 마력, 상상에 비례한다.
곰을 상상하면 위력이 더욱 올라간다.

▶곰 물 속성 마법
곰 장갑에 모은 마력으로 물 속성의 마법을 사용할

수 있다.
위력은 마력, 상상에 비례한다.
곰을 상상하면 위력이 더욱 올라간다.

▶곰 바람 속성 마법
곰 장갑에 모은 마력으로 바람 속성의 마법을 사용
할 수 있다.
위력은 마력, 상상에 비례한다.
곰을 상상하면 위력이 더욱 올라간다.

▶곰 땅 속성 마법
곰 장갑에 모은 마력으로 땅 속성의 마법을 사용할
수 있다.
위력은 마력, 상상에 비례한다.
곰을 상상하면 위력이 더욱 올라간다.

🐻 장비

▶검은 곰 장갑(양도불가)
공격 장갑. 사용자의 레벨에 따라 위력 UP.

▶흰 곰 장갑(양도불가)
방어 장갑. 사용자의 레벨에 따라 방어력 UP.

▶검은 곰 신발(양도불가)
▶흰 곰 신발(양도불가)
사용자의 레벨에 따라 속도 UP.
사용자의 레벨에 따라 장시간 걸어도 피로도가 오
르지 않는다.

▶흑백 곰 옷(양도불가)
겉모습은 인형 옷. 양면으로 입을 수 있음.

겉면: 검은 곰 옷
사용자의 레벨에 따라 물리, 마법 내성 UP.
내열, 내한 기능 있음.

안면: 흰 곰 옷
입으면 체력, 마력이 자동 회복된다.
회복량, 회복 속도는 사용자의 레벨에 따라 변한
다.
내열, 내한 기능 있음.

▶곰 속옷(양도불가)
오랫동안 입어도 더러워지지 않는다.
땀, 냄새도 배지 않는 훌륭한 아이템.
장비자의 성장에 따라 크기도 변한다.

🎀 51 곰 씨, 왕도로 출발하다

　호위로 출발하는 날, 우선 티루미나 씨의 집에 들려 피나를 데
려왔다.

　그 뒤 노아와 합류하기 위해 영주의 저택으로 향했다.

　"유나 언니, 그래서, 누구를 호위하는 건데요?"

　"응? 말하지 않았었나? 이 마을의 영주님 딸이야."

　내 말에 피나의 얼굴이 새파래졌다.

　"영주님…… 그렇다면 지금부터 포슈로제 님의 저택으로 간다
는 말인가요?"

　내가 고개를 끄덕이자 피나는—.

　"저, 돌아갈래요."

　그런 피나를 놓치지 않으려 곰 장갑 인형으로 피나의 손을 잡
았다.

　"딱히 잡아먹히는 것도 아니니까 괜찮아. 게다가 호위할 대상은
그 딸인 노아라는 아이니까."

　피나의 반응을 보아하니 역시 이 세계에서는 귀족과 평민의 격
차가 큰 걸까?

　하지만 귀족이라곤 해도 노아는 사랑스럽고 착한 아이였다.

　"느와르 님 말인가요? 하지만 저 같은 게 같이—."

어라? 내가 이름을 애칭으로 불렀는데 「느와르」라는 이름이 나왔다.

일단은 알려져 있는 건가?

"아무튼 가자. 만약 안 되면 다음에 둘이서 같이 가면 되고."

내게 붙잡힌 피나는 마지못해 따라왔다.

영주의 저택에 도착하자 이미 노아가 허리춤에 손을 얹고 문 앞에 우뚝 서 있었다.

"늦었잖아요! 유나 님!"

인사하기도 전에 첫 마디가 이거였다.

"안 늦었어. 언제부터 기다렸던 거야?"

"일어나서, 아침 먹고 바로니까, 한 시간 정도 전부터요……."

"너무 빠르잖아."

"곰 님과 여행을 떠날 수 있다고 생각하니 참을 수가 없는 걸요."

노아는 부끄러운 듯이 말했다.

반응이 귀엽다.

"그런데 노아에게 부탁할 게 한 가지 있어."

"뭐죠?"

"이 아이도 데려가려는데, 괜찮을까?"

나는 옆에서 벌벌 떨며 긴장하고 있는 피나를 가리켰다.

"그 아이는 누구예요?"

"내 생명의 은인인 피나야."

"아, 아니에요. 유나 언니가 제 목숨을 구해줬어요!"

피나는 내 소개를 부정했다. 틀리지 않은 것 같은데…….

"왕도에 가본 적이 없다고 해서 말이야. 데려갈까 해서. 그래서 노아와 클리프 씨에게 허가를 받으려고."

"저는 딱히 상관없어요. 단, 곰 님은 양보하지 않을 거예요."

노아는 척 하고 피나에게 손가락을 들이밀었다.

"곰은 두 사람 모두 타게 해줄게."

"어쩔 수 없죠. 하지만 앞자린 양보 못 해요."

노아가 또 다시 척 하고 피나에게 손가락을 들이밀었다.

"일단 클리프 씨에게도 허락을 받고 싶은데. 만날 수 있을까?"

아무래도 노아의 허락만으로 피나를 데려갈 수는 없었다.

노아는 저택 안으로 들어가 클리프를 데려왔다.

"상관없어."

"괜찮아요?"

"혼자든 둘이든 같겠지. 게다가 딸도 또래 아이가 같이 있는 편이 좋을 테고."

무사히 피나의 동행을 허락 받을 수 있었다.

피나는 긴장하면서 클리프에게 인사를 했다.

"피나라고 합니다."

"딸을 잘 부탁하마."

"네!"

"피나를 괴롭히지 말아줘요."

피나의 팔을 끌어당겨 클리프에게서 지켰다.

"오해받을 말 하지 마. 나는 인사를 했을 뿐이야."

클리프는 항의했지만 귀족이라는 신분이 피나를 긴장시키는 건가.

"그럼, 허락도 받았으니 왕도로 가볼까?"

우리는 문으로 향했다.

노아는 즐거워 보였지만 피나는 긴장하고 있었다.

"그러고 보니 너, 이름은?"

"피나라고 해요."

"피나. 나는 느와르라고 해. 잘 부탁해."

"네!"

둘은 서로 자기소개를 했다. 인사로 긴장이 풀렸는지 피나의 표정에 미소가 돌아왔다.

마을 밖으로 나가서 나는 곰돌이와 곰순이를 소환했다.

소환하자마자 노아가 기쁜 듯이 곰돌이에게 안겼다.

"곰돌아, 잘 부탁해."

곰돌이에게 인사를 하곤 곰순이에게도 똑같이 안겨서 인사를 했다.

두 사람에겐 곰돌이를 타게 하고 나는 곰순이를 탔다.

"조금 전에도 말했지만, 내가 앞자리야."

"네. 느와르 님."

"그럼, 왕도까지 잘 부탁해, 피나."

노아는 피나에게 손을 내밀었고, 피나는 긴장하면서 손을 잡았다.

"네, 잘 부탁드려요."

곰돌이 앞에는 노아가 탔고, 뒤에 피나가 탔다.

두 사람에게서 미소가 흐르고 있었다. 이만하면 괜찮겠지?

나도 곰순이 등 위로 올라탔다.

"그럼, 왕도를 향해서 출발!"

이번에는 서두를 필요 없는 여행이기 때문에 천천히 왕도로 향했다.

"우후후, 곰돌아~, 왕도까지 잘 부탁할게."

노아는 곰돌이를 부드럽게 쓰다듬고 있었다.

"느와르 님은 곰돌이와 곰순이를 알고 계셨어요?"

"응, 집으로 유나 님을 모신 적이 있어서 딱 한 번 타 봤어. 그 때 같이 낮잠도 잤어. 어제부터 오늘이 기대가 돼서 가만히 있을 수 없었어."

두 사람은 사이좋게 대화를 나누고 있었다.

"피나와 유나 님은 어떤 관계예요?"

"내가 처음 이 마을에 왔을 때, 숲에서 길을 헤매던 나를 도와준 게 피나였어."

"그렇긴 한데, 제가 숲에서 울프에게 습격을 당하고 있던 걸 유

11

나 언니가 구해주셨어요. 저는 마을로 안내해드렸을 뿐이고요."

"그러고 나서 내가 모험가가 됐고, 마물 해체를 못하니까 피나에게 부탁하게 되었지."

"네. 돈도 주셔서 감사했죠."

"피나, 너 마물 해체를 할 수 있어?"

노아가 놀란 표정으로 물었다.

"네. 예전부터 길드에서 했어요."

"예전부터라니, 너 지금 몇 살인데?"

"열 살이에요."

"나랑 같잖아! 그런데 마물 해체를……."

노아는 놀란 듯 뒤에 있는 피나를 바라봤다. 피나는 쑥스러워하고 있었다.

이 세계에서도 열 살짜리 어린 아이가 마물을 해체할 수 있다는 건 신기한 일이겠지. 역시, 해체가 가능한 피나가 특이한 거야.

그 후, 두 사람은 곰돌이 위에서 사이좋게 서로에 대해 이야기를 나누었다.

사이가 좋다는 건 좋은 일이지.

동갑이라면 귀족이나 평민 같은 건 상관없이 사이좋게 지내주길 바랐다.

그런 두 사람의 대화를 들으며 우리는 천천히 왕도로 향하는 길을 나아갔다.

마물이나 도적을 만나는 일도 없이 평화롭게 해가 저물었다.

왕도로 이어지는 길은 아직 많이 남아 있었다.

노숙에 최적인 장소를 찾아 주변을 둘러보았다.

길에서 조금 떨어진 장소에 나무가 몇 그루 있었다.

"저기면 되려나?"

노숙을 할 장소를 정하고 나무가 있는 곳까지 이동했다.

"유나 님. 설마, 여기에서 노숙을 하는 건가요?!"

"응. 설마 여관에라도 묵을 수 있을 거라고 생각한 거야?"

"아…… 네. 마을과 마을의 거리가 가까울 때는 여관에 머물렀어요. 마을이 없을 때에는 마차 안에서 자고……."

그렇군. 역시 아가씨야.

"아무것도 없는 곳에서 자는 건 처음이에요."

"안심해도 돼. 잘 곳은 있어."

"……?"

두 사람에게 조금 떨어지라고 말을 하고 곰 박스에서 곰 하우스를 꺼냈다.

겉으로는 변함없는 곰 하우스.

하지만 크기는 외출용으로 마을에 있는 곰 하우스의 절반 정도로 조정했다.

게다가 지난번에 피나와 타이거 울프를 토벌했을 때와는 다르게 만들었다.

눈앞에 있는 새로운 곰 하우스는 곰 두 마리가 앉아있는 모습으로, 오른쪽에 있는 곰은 아빠 곰, 왼쪽에 있는 곰은 새끼 곰이다.

아빠 곰 쪽이 집이고, 새끼 곰 쪽이 창고— 즉, 피나가 해체할 장소로 되어 있었다.

입구는 아빠 곰의 왼쪽 다리 뒤편에 있다.

너무 크면 눈에 띌까봐 이 크기로 했는데 들판에 있으니 충분히 눈에 띄는 크기였다.

"유나 님?! 이, 이건……."

노아가 곰 하우스를 보고 놀란 목소리를 냈다.

뭐, 아이템 봉투에서 곰 모양 집이 나오면 놀라겠지.

"곰 하우스야. 외출용이니까 조금 작지만 말이야."

크리모니아에 있는 집과 비교해서지만.

"이름을 묻는 게 아니라 어디에서 나타난 건가 해서요. 으음, 나타난 장소는 알고 있지만 아이템 봉투에 들어갈 물건인가요?"

"어느 정도 크기까지 들어갈 수 있는지는 몰라."

곰 박스에 물건이 어느 정도의 크기까지 들어갈지 검증한 적이 있었다. 그 때 곰 하우스를 넣었더니 들어가 버렸던 것이다. 그리고 블랙 바이퍼도 들어갔고, 실제로 어느 정도의 크기까지 들어갈 수 있는지는 알아내지 못했다.

"피나는 안 놀라워?"

노아는 곰 하우스를 봐도 놀라지 않는 피나에게 물었다.

"네, 저는 곰 하우스가 나오는 걸 이전에도 본 적이 있거든요."

"그리고, 이거에 대해서는 비밀이니까 아무에게도 말하지 말아 줘."

노아에게 주의를 해두었다. 일단, 곰 박스가 이상하다는 건 알고 있을 것이다.

"그럼, 안으로 들어가 볼까? 하루 종일 이동해서 피곤하지?"

곰돌이와 곰순이를 송환하고 아빠 곰 왼쪽 다리 뒤를 통해 집 안으로 들어갔다.

"아, 맞다. 노아, 미안한데 신발은 여기서 벗어 줘."

아빠 곰의 다리 부분은 현관으로 되어 있었다.

노아와 피나에게는 슬리퍼 같은 실내화를 준비해주었다.

현관을 통과하면 거실 겸 밥 먹는 곳으로 되어 있었다.

방 안으로 들어가니 노아가 놀란 목소리를 냈다.

"뭐예요?! 이 집은!"

방 안은 마석의 빛으로 밝게 빛나고 있었고, 열 명 정도까지 들어갈 수 있을 정도로 넓었다.

"뭐, 적당히 의자에 앉아서 쉬고 있어. 저녁 준비할 테니까."

부엌으로 가서 프라이팬에 기름을 두르고 다진 고기와 달걀을 준비해서 햄버그를 만들었다.

그리고 동시에 샐러드도 만들었다. 채소도 중요하니까.

햄버그가 익을 즈음, 여관에서 만들어 준 따뜻한 스프를 그릇에 담고, 갓 만들어진 빵을 접시에 올렸다. 그리고 컵에 과즙을 담는 것으로 저녁 준비 끝.

다 만들어진 요리를 테이블에 옮긴 후에는 먹는 일만 남았다.

"유나 님, 이건……."

"저녁밥. 저택과 같은 요리를 기대하고 있다면 무리야."

"아뇨, 그런 생각을 하고 있는 게 아니에요. 오히려 집 요리보다도 맛있는 냄새가 나는걸요."

"그래, 그렇다면 다행이고. 따뜻할 때 먹자."

노아와 피나 두 사람은 먹기 시작했다.

"뭐예요? 이 맛있는 음식은."

"햄버그인데."

"햄버그?"

"응, 이 나라에서는 안 먹니?"

"안 먹니? 라고 물으셔도 처음 먹는 건데—."

"그렇구나. 울프와 소, 그리고 돼지고기를 잘게 다졌을 뿐이야."

"유나 언니. 저희 집에서도 만들 수 있을까요?"

"만들 수는 있는데 소스를 만드는 게 어려울 거야. 무를 갈아올려도 맛있긴 한데……."

"다음에 알려주세요. 가족들 모두에게 먹게 해주고 싶어요."

"그래."

"저도요."

피나에 이어서 노아까지도 원했다.

"노아는 필요 없잖아. 요리는 메이드가 만들어 주니까."

"그렇긴 하지만, 어쩐지 따돌림 당하는 것 같은 느낌이 들어서 싫어요."

"일단, 알려주더라도 마을로 돌아가고 나서야."

"이 스프도 맛있어요."

"그건 여관에서 만들어준 거야."

"이 빵은요?"

"맛있는 빵을 찾아서 사재기했지."

이런 저런 이야기를 하면서 식사가 끝났다.

오늘 하루 동안 피나와 노아는 평범하게 대화를 나눌 수 있을 정도로 친해졌다.

"그럼, 저녁도 먹었으니 목욕들 하렴. 해가 뜨자마자 출발해야 하니까 일찍 잘 거야."

"네, 알겠어요."

"그렇게 일찍 나가나요?"

집안일과 일을 위해 항상 아침 일찍 일어나는 피나. 귀족이라 천천히 아침을 맞이하는 노아. 두 사람의 반응은 보기 좋게 갈렸다.

"이 집을 다른 사람들에게 보이고 싶지 않아서 말이야. 밤에는 다른 사람들도 다 잘 테니까. 그래서 눈에 띄기 전에 빨리 출발하려고."

"알았어요. 그리고 목욕이라는 말을 들었는데 잘못 들은 거죠?"

노아는 귀를 후비면서 물었다.

"잘못 들은 게 아냐. 욕조가 있으니까 몸을 제대로 따뜻하게 하고 자야지. 욕실 사용하는 방법은⋯⋯ 피나, 알려줘."

"제 상식이 무너져가고 있어요."

피나는 그런 노아를 욕실로 데려갔다.

그동안 나는 식사 정리를 했다.

뭐, 접시와 컵을 씻는 것뿐이지만.

목욕 후 나오는 두 사람에게 드라이기를 건네 머리를 말리도록 하고, 나도 욕실로 들어갔다.

그 후, 욕실에서 나오니 두 사람이 기다리고 있었다.

"안 자고 있었어?"

"어디서 자요?"

아, 방을 정해주지 않은 것을 떠올렸다.

1층에는 밥 먹는 장소 겸 거실, 부엌, 화장실, 욕실이 있었다.

2층에는 작은 방이 세 개 있었다.

하나는 내 방.

나머지 두 방은 손님용이었다.

손님용 방에는 각각 침대를 세 개씩 두어서 최대 여섯 명까지 잘 수 있었다.

두 사람에게 방을 보여주고 물었다.

"어떻게 할래? 따로따로 잘래?"

"저는 어떻든 상관없어요. 느와르 님께 맡길게요."

"자기 전에 수다도 떨고 싶으니까 같은 방에서 잘까?"

"네."

"수다도 좋지만 빨리 자야 돼."

두 사람에게 밤을 새지 않도록 주의를 주고 나는 내 방으로 가서 잠자리에 들었다.

주의를 준 본인이 늦잠을 잔다면 창피하니까 말이다.

🎀 52 곰 씨, 습격당하고 있는 마차를 발견하다

다음 날, 해가 뜨기 전에 침대에서 몸을 일으켰다.

바깥은 아직 약간 어두웠다.

원래대로라면 서늘할지도 모르지만 곰 옷 덕분에 추위는 느껴지지 않았다.

흰 곰에서 검은 곰으로 옷을 뒤집어 입고 1층으로 내려갔다.

"유나 언니, 안녕히 주무셨어요."

피나가 이미 일어나 있었다. 하지만 노아의 모습은 보이지 않았다.

"좋은 아침. 노아는?"

"깨우기가 안쓰러워서요. 아직 자고 있어요."

"그럼 내가 아침을 준비할 테니까 노아를 깨워서 오겠니?"

피나에게 노아를 부탁하고 어제 먹은 스프와 빵을 아침으로 준비했다.

졸려 보이는 노아가 식탁으로 왔다.

"안녕히 주무셨어요."

"졸려 보이네."

"평소라면 아직 자고 있을 시간이니까요."

"아침 식사를 마치면 출발할 거야."

"네—."

노아는 하품을 하면서 대답했다.

피나가 그런 노아의 모습을 옅게 웃으며 보고 있었다.

식사를 마친 우리는 왕도를 향해 다시 출발했다.

왕도로 향하는 길은 도적에게 습격을 당하는 일도, 마물과 맞닥뜨리는 일도 없이 평화로웠다.

도중에 마을을 발견해 신선한 채소 등을 구입했다.

기본적으로 이동 중에는 자는 일이 많았다. 곰돌이와 곰순이에 올라타 있으면 떨어질 일도 없으니 안심하고 잘 수 있었다.

노아도 아침 일찍 일어난 탓인지, 곰돌이와 곰순이의 등 위가 기분 좋은 건지 잘 자고 있었다.

크리모니아 마을을 출발한지 며칠째—.

"잠깐, 멈춰."

곰돌이와 곰순이를 멈춰 세웠다.

"왜 그러세요?"

"앞에 사람하고 마물이 있어."

"정말요?!"

여기에서는 눈으로 확인할 수 없었다.

확인할 수 있었던 건 곰 탐지 스킬 덕분이었다.

우연히 주변이 안전한지 확인하기 위해 탐지 스킬을 사용했는데 진행방향에 사람과 마물의 반응이 있었다.

"유나 언니, 어떻게 할 거예요?"

"사람이 습격당하고 있는 거라면 도우러 가야지."

마물의 반응은 오크였다.

문제없이 쓰러뜨릴 수 있었다.

하지만 나로서는 노아와 피나 두 사람을 위험한 곳에 데려가고 싶지는 않았다.

"유나 언니."

피나가 걱정스러운 듯 앞에 앉은 노아의 옷을 쥐고 있었다.

이대로 못 본 척 하기도 찝찝했다. 게다가 두 사람은 상황을 알 아버렸다.

만일 습격당하고 있는 사람이 죽기라도 한다면 슬퍼할지도 몰 랐다.

"잠깐 도와주러 다녀올게. 두 사람은 마물이 습격해 올지도 모 르니까 절대로 곰돌이와 떨어지면 안 돼."

"유나 언니, 무리는 하지 마세요."

"유나 님……."

"괜찮아."

걱정하는 두 사람을 남겨두고 곰순이를 달리게 했다.

오크들이 마차를 습격하고 있었다.

마차 주변에서는 모험가로 보이는 사람들이 싸우고 있었다. 그래서 반응이 사라지지 않았던 모양이었다.

순간 모험가를 보고 안도했지만 머릿수에 밀리고 있는 것 같았다.

"하나, 둘, 셋……, 여덟."

오크가 여덟 마리.

싸우고 있는 모험가는 네 명이었다.

마법사로 보이는 모험가가 오크 한 마리에 밀리고 있었다.

검사는 마차 옆에서 오크 두 마리와 싸우고 있었다.

나머지 두 명은 조금 떨어진 위치에서 오크 다섯 마리에게 둘러싸여 있었다.

나는 곰순이에서 뛰어내린 후 가장 위태로운 상황인 마법사가 있는 곳으로 향해 돌진했다.

지면을 박차 속도를 붙였다.

지면에 쓰러져 있던 마법사는 도망치려 했지만 오크가 마법사의 다리를 잡고 놓지 않았다.

오크는 왼손으로 마법사의 다리를 잡고 오른손에 가지고 있던 곤봉을 내리치려 했다.

위험해—.

손에 마력을 모아 오크를 향해 바람의 칼날을 날렸다.

내 존재를 눈치채지 못했던 오크의 두터운 목이 바람의 칼날에 의해 잘려나갔다.

레벨이 올라 위력이 증가한 건가?

"곰?!"

내 곰 옷차림을 보고 놀라는 마법사의 옆으로 빠져나가 다음 타깃으로 향했다. 혼자서 오크 두 마리로부터 마차를 지키고 있는 여자 검사가 있었다.

오크들은 검사와 대립하고 있어서 내가 봤을 때 등 쪽에 허점이 보였다.

다만 오크의 앞에는 검사와 마차가 있기 때문에 강력해진 바람의 칼날로는 검사와 마차까지 베어버릴지도 몰랐다.

나는 땅 속성 마법을 사용하여 오크의 하반신에 지면이 휘감겨 달라붙게 하고 오크의 움직임을 저지했다.

"뭐지?!"

검사가 놀랐다.

"오크의 움직임을 봉인했으니 뒷일은 알아서 마무리 지어요!"

검사는 곧바로 내 말을 이해하고 오크의 옆으로 돌아 달려들었다.

이어서 나는 마차에서 떨어져 오크 다섯 마리와 싸우고 있는 모험가들 쪽으로 향했다.

두 사람이 둘러싸여 있었기 때문에 조금 전과 같이 바람의 칼날은 사용할 수 없었다.

땅 속성 마법을 사용하여 오크들의 하반신의 움직임을 막아도 둘러싸여 있기 때문에 두 사람은 도망치지 못할 가능성이 있었다.

손에 마력을 모았다. 바람의 칼날이 아닌 공기 덩어리를 만드는 상상을 했다.

그리고 그 공기 덩어리들을 오크들을 향해 한꺼번에 던졌다.

덩어리 수는 다섯 개.

공기 덩어리는 각각 오크의 몸을 맞춰 뒤쪽으로 날려 버렸다.

뒤로 나가떨어진 오크들의 몸에 모험가들이 말려든 것은 어쩔 수 없었다.

죽임을 당하는 것보다는 괜찮을 것이다.

쓰러진 오크들이 일어났고 모험가들도 몸을 일으키려고 했다.

"위험하니까 그대로 있어요!"

나는 모험가들을 향해 외쳤다.

그리고 일어난 오크들을 향해서 커다란 바람의 칼날을 나란히 날렸다.

정확히 두 동강이 된 오크들의 몸이 내려앉았다. 그 앞에는 지면에 쓰러져 있었던 모험가 두 명이 있었다.

모험가들은 오크의 피로 범벅이 되어버렸다. 구해줬으니까 화내진 않겠지.

오크를 전부 쓰러뜨린 뒤 피범벅인 모험가들에게 다가갔다.

"괜찮아요?"

"곰?"

머리가 긴 여자 모험가가 일어나 검을 칼집에 넣었다.

다른 한 명인 여자 모험가도 주변을 확인했다.

"저기, 네가 도와준 거니?"

"일단은요."

두 사람은 내 복장을 이상한 듯 쳐다보고 있었다.

"그게 그러니까…… 고마워. 덕분에 살았어."

"우연히 지나가던 길이었을 뿐이니 신경 쓰지 않아도 돼요."

두 사람은 오크의 피로 인해 엄청난 꼴이었지만 화를 내지는 않았다.

조금 안쓰러울 수도 있지만 이번엔 긴급사태였으니 어쩔 수 없었다.

"마리나!"

마차 근처에서 싸우고 있던 모험가가 달려왔다.

"괜찮아?"

"응, 괜찮아. 저 곰 옷차림을 한 여자아이가 구해줬거든. 그쪽은?"

"나도 엘도 저 여자아이가 구해줘서 괜찮아."

그 말에 긴 머리의 여자가 안도의 표정을 지었다.

"그래, 엘 쪽도 무사한 거네. 다시 한 번 인사할게. 구해줘서 고마워."

"늦지 않아서 다행이에요."

고민을 조금이라도 더 했다면 위험했을지도 몰랐다.

"나는 이 파티의 리더를 맡고 있는 마리나야. 저기 큰 검을 가

27

지고 있는 게 마스리카. 그리고 이쪽은—"

"이티아라고 해."

제일 먼저 구했던 마법사는 이름이 엘이라고 했다.

오크는 그대로 두고 마차로 돌아왔다.

돌아오는 도중 곰돌이와 곰순이를 불렀다.

텔레파시인지 뭔지 원리는 잘 모르겠지만, 떨어져 있어도 곰돌이와 곰순이에게 명령을 내릴 수 있었다.

"엘, 괜찮아?"

"응, 괜찮아. 조금만 늦었더라면 죽었을지도 모르지만 말이야."

잡혀있었던 탓인지 옷이 찢겨져 하얀 피부가 보였다.

게다가 손으로 가리고 있었지만 큰 가슴이 손에서 넘쳐나고 있었다.

'내 적이로군!'

"네 덕분에 살 수 있었어. 고마워."

내 복장을 보면서 뭐라 말할 수 없는 얼굴로 고마움을 전했다.

아마도 내 복장에 대해 여러 가지로 묻고 싶은데 참고 있을 것이다.

"저건 뭐지?!"

주변을 경계하고 있던 마리나가 소리쳤다.

"곰이다!"

그 순간 모험가들은 손에 검을 쥐었다.

"잠깐 기다려, 곰 위에 여자아이가 타고 있어."

곰돌이 위에는 노아와 피나가 타고 있었다.

"내 곰이니까 안심해요."

"네 곰?"

모험가들은 내 복장과 곰돌이와 아이들을 보고 납득을 한 것인지 전투태세를 풀었다.

"유나 님! 괜찮으세요?!"

"유나 언니, 괜찮아요?"

"괜찮아."

"다행이네요."

두 사람이 곰돌이에서 내려와 내 쪽으로 왔다. 나는 두 사람의 머리 위에 곰 인형을 올리고 안심시켜 주었다.

두 사람은 몸을 약간 떨고 있었다.

두 사람 모두 열 살짜리 여자아이였기에 어쩔 수 없었다.

❦ 53 곰 씨와 함께

"네가 도와준 게냐."

피나와 노아의 머리를 쓰다듬고 있는데 뒤에서 누군가가 말을 걸어왔다.

돌아보자 남성 노인과 여자아이가 있었다. 여자아이는 피나와 노아보다도 조금 더 어리려나?

두 사람은 노아처럼 고급스런 복장을 하고 있었다. 그렇다는 것은 귀족인 건가, 아니면 유복한 가정인 것일까?

모험가들을 호위로 붙일 정도이니…….

"오크의 일을 말씀하시는 거라면 그렇습니다만."

"그렇군, 그렇다면 내 쪽에서도 고맙단 말을 해야겠군. 나는 그란 파렌그람이라고 하네. 손녀와 모두를 구해줘서 고맙네."

그란이라는 이름의 할아버지는 고개를 숙이며 고마워했다.

"모험가인 유나예요. 도와준 건 우연히 길을 지나고 있었을 뿐이었으니 신경 쓰지 않으셔도 돼요."

"그런데 너는 복장이 이상하구나."

그란 할아버지는 내 곰 옷차림을 보곤 생각한 것을 물어왔다.

아까부터 내 복장이 신경 쓰였던 모험가들도 고개를 끄덕였다.

"신경 쓰지 말아주셨으면 좋겠는데요."

인형 옷차림을 설명할 수 없는 나는 그렇게 대답했다.

"하지만 오크를 간단하게 쓰러뜨리다니. 그리고 그쪽에 있는 건 클리프의 딸 아닌가."

그란 할아버지는 노아 쪽을 바라봤다. 아무래도 아는 사이인 것 같았다.

"그란 할아버님. 오랜만에 뵙겠습니다. 느와르입니다."

노아가 귀족답게 인사를 했다.

「그란 할아버님」이라는 건 역시 귀족이라는 건가?

"그랬군, 노아였어. 일 년만인가……. 많이 컸구나. 클리프는 없는 거니?"

그란 할아버지는 주위를 둘러봤다.

"아버지는 아직 용무가 있어서 마을에 계세요. 저 혼자 어머니가 계시는 왕도로 가라고 하셨어요."

"그렇다는 건 혼자서 여기까지 왔다는 거냐?"

"네. 하지만 호위로 유나 님이 있어서 괜찮아요."

그란 할아버지가 나를 바라봤다.

"클리프 녀석, 이상한 옷차림을 하고 있지만 괜찮은 모험가를 붙여준 것 같구나."

몇 번이고 「이상한」, 「이상한」이라고 반복하지 않으면 좋겠는데.

"미사, 오랜만이야."

노아는 그란 할아버지 옆에 있는 여자아이에게 다가갔다.

나이는 노아보다 조금 더 어린 것 같았다. 은발의 긴 머리가 예쁜 여자아이였다.

"노아 언니, 오랜만이에요."

"미사도 왕도에 가니?"

"네. 아버님과 어머님은 먼저 왕도로 가셔서 할아버님과 같이 왕도로 향하고 있었어요."

"이야기 나누는데 미안하지만 잠깐 괜찮을까?"

오크의 피를 씻어내고 깨끗해진 마리나가 다가왔다.

"오크를 이대로 두면 오크의 무리들이나 사체를 먹으러 다른 마물이 올지도 몰라. 오크를 처리하고 싶은데."

"처리라뇨?"

"쓰러뜨린 건 너지만, 그건 우리가 싸우고 있는데 뒤로 와서 공격을 해서 쓰러뜨린 거잖아. 그러니 우리에게도 몫을 나눴으면 좋겠어."

아아, 그 말이었군.

오크 소재가 어느 정도의 가치가 될지는 모르지만, 모험가로서는 몫을 나누고 싶겠지.

"제 몫은 됐으니 마음대로 하셔도 돼요."

"진심으로 하는 소리야? 네가 쓰러뜨린 건 여섯 마리라고. 게다가 이티아가 쓰러뜨린 두 마리도 네 덕분이고."

설마 전부 받을 수 있을 거라고 생각하지 않았던 모험가들은 내 말에 놀랐다.

"게다가 우리가 쓰러뜨린 오크도 있으니 전부 받지는 않아도—"

내가 도착하기 전에 이미 오크 몇 마리가 쓰러져 있었다. 오크 열 마리 정도가 습격하고 있었던 모양이었다.

"우리는 먼저 왕도로 갈 테니까 마음대로 해도 돼요."

나는 곰순이에게 다가가 뛰어 올라탔다.

게다가 오크라면 곰 박스에 많이 담겨있기도 하니까 무리해서 받을 필요는 없었다.

"노아, 피나, 가자."

우리가 여기에 더 있을 필요는 없었다.

"잠깐 기다리게."

그때 그란 할아버지가 불러 세웠다.

"왕도로 가는 거라면 같이 가지 않겠나?"

동행을 요청해왔다. 나는 조금 생각한 뒤 대답했다.

"좋을 게 없으니 거절할게요."

마차와 곰돌이, 곰순이의 속도는 차이가 많이 났다.

"호위 비용이라면 내겠네."

"호위라면 여자 모험가들이 있잖아요. 게다가 저 모험가들에게 실례예요."

근처에 있는 모험가들에게 들리도록 말했다.

나를 고용한다는 건 그녀들을 신용하고 있지 않다는 뜻이 됐다.

"딱히 마리나와 저 아이들의 힘을 믿지 않는 게 아냐. 왕도로 가는 길에서 오크 무리를 만난다는 건 원래라면 있을 수 없는 일이지."

그런가?

하긴, 이곳에 오기 전까지 마물과 만난 일은 한 번도 없었다.

"손녀인 미사를 위해서 같이 갔으면 좋겠네. 이제까지 며칠 동안 마차 안에 있기만 해서 따분해 하고 있었어. 그러니 아는 사이인 느와르가 있다면 여행도 즐거워질 거야."

으음, 어떻게든 거절하고 싶었다. 좋은 점이 너무 없었다.

곰 하우스는 신용할 수 있는 사람 이외에게는 알려주고 싶지 않아서 같이 가게 되면 곰 하우스는 사용할 수 없었다. 곰 하우스를 사용할 수 없으면 목욕도 침대도 사용할 수 없게 된다.

게다가 같이 가게 된다면 확실히 속도가 줄 것이었다. 이게 가장 큰 문제였다.

어쩌면 좋지?

의뢰인은 클리프니까 클리프가 있다면 명령을 따르겠지만 그는 없었다.

그래서 호위 대상이자 의뢰인의 딸이기도 한 노아의 의견을 물어보기로 했다.

"노아, 너는 어떻게 하고 싶어?"

"저 말인가요?"

노아를 불러와 귓가에 속삭였다.

"참고로 같이 가면 곰 하우스는 쓸 수 없어."

모르는 사람 앞에서 곰 하우스를 꺼낼 생각은 없었다.

"그러니까 목욕도 침대도 쓸 수 없다는 거지."

내가 곰 하우스를 쓸 수 없다는 것을 전하자 노아는 목욕, 침대, 목욕, 침대…… 하고 중얼거렸다.

지금 노아의 머릿속에서 『목욕&침대 VS 미사』가 싸우고 있는 것 같았다.

잠시 「으음, 으~음」 하고 신음하더니 이윽고 결단을 내렸다.

"유나 님, 미사도 걱정되니까 같이 가려고 하는데 괜찮을까요?"

곰 하우스 VS 미사의 싸움은 미사가 승리한 모양이었다.

"노아가 정한 거라면 괜찮지만 몇 가지 조건이 있어."

"뭐죠?"

"곰 하우스 얘기는 당연히 비밀이야. 그리고 쓰러뜨릴 수 없다고 생각되는 마물이 나타날 경우 모두를 두고 우리 세 명은 도망칠 거야. 그것만은 각오해둬."

이것만큼은 양보할 수 없었다. 나라고 한들 무적이 아니었다. 드래곤 같이 쓰러뜨릴 수 없는 마물이 있을지도 모른다. 그렇게 된다면 다른 사람들을 지킬 여유는 없었다.

"아, 알겠습니다."

나는 그란 할아버지 쪽을 돌아봤다.

"이야기는 끝났는가?"

"같이 가기로 했어요."

"그렇군, 고맙네."

그란 할아버지는 물론 미사도 노아와 같이 가는 것에 기뻐 노아가 있는 곳으로 달려왔다.

"그렇게 됐으니 피나, 여자 모험가들의 해체 작업을 도와주고 오렴. 얼른 출발하고 싶으니까."

"알겠습니다."

피나는 오크를 해체하고 있는 모험가들 쪽으로 달려갔다.

"그래, 그 곰은 네 곰인가?"

그란 할아버지가 곰돌이와 곰순이를 보고 물었다.

"제 소환수예요. 안전하니까 해는 끼치지 말아주세요."

"소환수구나."

그란 할아버지는 곰돌이와 곰순이를 바라봤다. 미사도 흥미롭게 쳐다보고 있었다.

노아는 그런 미사의 손을 잡아당겨 곰돌이와 곰순이가 있는 곳으로 향했다.

미사는 무서워하면서도 따라갔다.

"검은 쪽이 곰돌이고, 하얀 쪽이 곰순이야."

미사는 천천히 곰돌이에게 다가갔다.

"무섭지 않으니까 괜찮아."

노아는 곰돌이를 쓰다듬었다. 그것을 본 미사도 곰순이를 만졌다.

"부드럽네요."

"그렇지? 이 감촉이 좋다니까. 잠자기에도 얼마나 좋은데."

노아는 곰돌이를 껴안았다.

아무 일 없이 곰돌이와 곰순이도 받아들여졌다.

잠시 후, 해체를 끝낸 마리나와 모험가들, 피나가 돌아왔다.

"이 아이, 해체 작업이 능숙하네. 도와줘서 수월했어. 그런데 정말 괜찮은 거야? 우리가 전부 받아도……."

"괜찮아요. 그리고 왕도까지 같이 가게 됐으니 잘 부탁해요."

"응. 우리 쪽이야말로 잘 부탁해."

마리나는 출발하기 전에 마차를 확인했다. 다행히 마차는 무사했고 바로 출발할 수 있을 것 같았다.

확인을 끝낸 마리나가 마부석에 앉았고, 그 옆에 검사인 마스리카가 앉았다.

남은 사람들은 마차 안에 올라탔다.

안에는 그란 할아버지, 미사, 노아가 탔고, 남은 자리에는 엘, 이티아가 탔다. 두 사람은 좌우, 뒤를 확인하고 있었다.

호위는 마차 밖에서 하는 게 아닌가? 라고 생각했지만, 말을 타더라도 검과 가죽 갑옷을 장착하고 마차와 같은 속도로 장시간 이동하는 건 어려웠다.

　어쩌면 하루에 열 시간 정도 걸어야 했을지도 모른다 생각하니 곰돌이와 곰순이에게 고마워해야 할 일이었다.

　게다가 그렇게 걷다가 마물에게 습격을 당하기라도 한다면 지쳐서 싸우지 못할 것이었다.

　노아가 마차에 올라타다가 피나를 척 하고 손가락으로 가리키며 선언했다.

　"오늘은 곰 님을 양보해주지만 거긴 내 지정석이야."

　그렇게 말을 하곤 마차에 올라탔다.

　아니, 곰돌이도 곰순이도 내 소환수인데—.

　출발 준비가 끝나자 마차가 움직이기 시작했다. 곰돌이에 올라탄 피나, 곰순이에 올라탄 내가 그 옆에서 마차 뒤를 따르듯이 움직였다.

　덜걱덜걱.

　으음…… 속도가 느리다.

　이 속도로 여기서부터 왕도까지 얼마나 걸리지?

　같이 가기로 했으니 어쩔 수 없지만…….

　마물 확인은 곰돌이와 곰순이에게 맡기고 나는 곰순이 위에서 낮잠을 자기로 했다.

　날씨도 좋고, 곰순이의 온기가 졸음을 불러일으켰다.

　출발 후 해가 저물기까지 마차는 아무 일 없이 나아갔다.

리더인 마리나가 멈춤 지시를 내렸다.

아무것도 없는 왕도로 이어지는 길가에 마차가 멈췄다.

아무래도 여기서 노숙을 할 모양인 듯 했다.

마리나가 이끄는 모험가들은 각자 식사와 잠자리 준비를 시작했다.

곰 하우스를 꺼내고 싶었지만 참았다.

우선 피나와 노아를 불러 우리 쪽도 식사 준비를 했다.

미사는 마리나 쪽에서 식사를 할 모양이었다.

참고로 미사는 애칭이고 이름은 「미사나」라고 했다.

뭐, 식사 준비라고는 해도 곰 박스에서 간단한 식사거리를 꺼내고 끝이었지만.

마리나 일행도 아이템 봉투에서 휴대용 식사를 꺼내 먹는 정도였다.

차이점은 내 빵은 갓 구워진 빵에 부드럽고 따뜻했다.

조금은 우월감을 느끼면서 식사를 했다.

드디어 취침 시간이다.

아침에 해가 뜸과 동시에 출발하기로 했다. 그건 평상시에 해왔던 일이라 문제없었다.

잘 준비를 하려고 하는데 마리나가 다가왔다.

"보초 설 순서를 정하고 싶은데."

나는 곰돌이와 곰순이를 가리켰다.

"마물이나 사람이 근처로 오면 이 아이들이 가르쳐줄 거예요."

"그래?"

"그러니 보초 설 필요는 없어요. 만일 걱정된다면 그쪽에서 해주겠어요?"

"그 곰들을 믿어도 되는 거야?"

마리나는 곰돌이와 곰순이를 쳐다봤다.

"믿을지 말지는 마리나 일행 자유예요."

나는 그 말밖에 할 수 없었다.

모든 건 상대방 하기 나름이었다.

"알았어. 보초는 여기서 설게."

마리나는 마차로 향했다.

"노아는 어디서 잘래?"

무사히 오늘 밤 수면을 지킨 나는 노아에게 말을 걸었다.

"어디서라뇨?"

"미사와 같이 잘 건지, 곰돌이와 곰순이랑 같이 잘 건지 말이야."

"뭐, 뭐예요? 곰돌이, 곰순이들과 같이 잔다니요?"

노아가 떨리는 목소리로 물어왔다.

"밤엔 춥기도 하고 위험하잖아. 곰돌이, 곰순이, 이쪽으로 와."

곰돌이와 곰순이를 불러 앉혔다.

예를 보여주기 위해 피나를 불러 담요로 감쌌다.

그리고 피나를 앉아있는 곰순이의 배에 기대게 해서 재웠다.

곰의 양손이 피나를 감싸도록 해서, 그렇게 일명 『곰 씨와 같이』가 완성됐다.

"뭐, 뭐죠? 이 엄청난 잠자는 자세는……."

"이거라면 춥지 않겠지."

"미사한테 이쪽에서 자겠다고 말하고 올게요! 피나! 내 자리는 비워둬!"

노아는 미사 쪽으로 갔다가 금방 돌아왔다.

하지만 어째선지 미사와 함께였다.

"유나 님. 미사도 곰돌이, 곰순이와 같이 자고 싶대요."

"저도 곰 님들과 같이 자도 될까요? 오늘 노아 언니께 곰 님의 대단함에 대해 많이 들었어요. 저도 곰 님들과 같이 자고 싶어요. 부탁드립니다."

미사가 순수한 눈망울로 똑바로 바라봤다.

노아보다도 어린 미사의 부탁에 아무래도 안 된다고는 할 수 없었다.

"좋아. 두 사람은 곰돌이와 같이 자. 나와 피나는 곰순이와 같이 잘 테니까."

"유나 님, 고맙습니다."

"고맙습니다."

노아와 미사가 기쁘게 감사 인사를 했다.

두 사람은 곧바로 담요를 두르고 바싹 붙어 곰돌이의 배로 들어갔다.

"곰돌이, 위험한 상황이 되기 전까지는 두 사람을 깨우면 안돼. 곰순이는 마물이나 사람이 가까이 오면 알려줘."

나는 곰돌이와 곰순이에게 부탁했다.

그리고 피나에게 곰순이의 배를 절반 정도 양보 받아 기댔다.

으음~, 따뜻하다.

곰순이의 팔을 껴안고 자기로 했다.

"피나, 잘 자."

"네, 안녕히 주무세요."

🎀 54 곰 씨, 도적을 잡다

깊은 밤, 곰순이가 움직이는 바람에 잠에서 깼다.

"곰순아?"

눈을 비비고 옆을 보니 피나가 조용히 잠들어 있었다.

피나가 깨지 않도록 탐지 스킬을 사용했다.

조금 떨어진 위치에 사람이 있다?

잠시 동안 바라봤지만 움직일 낌새가 없었다.

으음, 자기 전에 확인했을 땐 없었는데.

곰순이가 반응했다는 건 바로 조금 전 나타났다는 건가?

"곰순아, 움직이면 알려줘."

그 위치에서 노숙을 하고 있는 것뿐일지도 모르기 때문에 곰순이에게 부탁을 하곤 다시 잠들었다.

그 뒤로는 곰순이도 반응이 없었고 아침이 될 때까지 잠에서 깨는 일은 없었다.

아침에 일어나 탐지 스킬을 사용해보니 심야에 확인한 곳에서 움직임이 없었다.

아침 식사를 간단하게 마친 후, 해가 뜸과 동시에 출발했다.

마물에게 습격을 당하고 싶지 않았기 때문에 탐지 스킬로 주변을 확인했다.

사람의 반응이 뒤에서부터 따라오고 있었다.

잠시 쉬기 위해 멈추자 상대의 반응 또한 멈췄다.

쉬는 걸 멈추고 움직이자 상대의 반응도 움직이기 시작했다.

뒤따라오고 있는 반응은 일정한 거리를 두고 있었다.

으음, 수상하긴 한데 어쩌지…….

하지만 이렇게 같은 속도로 뒤를 밟히고 있다는 게 썩 좋은 기분은 아니었다.

이럴 경우, 예상 가능한 패턴은 두 가지였다.

하나는 우리 일행을 호위로 취급하고 있는 경우.

전방에서 오는 적이 있다면 우리들에게 대처를 하게 만들고, 후방에서 습격을 당한다면 우리들이 있는 곳까지 달려와 우리에게 적을 떠넘기는 것이었다.

그리고 또 하나는 우리들을 노리고 있는 경우였다.

뒤따라오는 자는 염탐을 하는 사람으로, 습격할 타이밍과 패거리들이 모이는 것을 기다리고 있을 가능성이 있었다.

어느 쪽이 정답인지는 현재로써는 알 수 없었다.

마차가 멈췄다. 오늘은 이곳에서 노숙을 하기로 한 모양이었다.

탐지 스킬로 확인해보자 뒤따라오던 반응이 역시나 멈춰 있었다.

이건 일단 보고를 해두는 게 좋으려나?

"마리나 씨, 잠깐 괜찮으세요?"

"왜 그래?"

노숙 준비를 하고 있는 마리나가 내 쪽을 봤다.

나는 뒤를 밟고 있는 사람에 대해 이야기하며 내 생각도 전했다.

"확실히, 앞에 있는 마차를 뒤따라가는 경우도 있지만, 먼저 말하고 나서 동행하는 게 일반적이지. 하지만 사람에 따라서 돈을 요구당할 때도 있어서 떨어진 곳에서 뒤따라오는 일도 있어."

"그렇다면 괜찮은 건가요?"

"지금은 뭐라고 단정 지을 순 없을 것 같아. 감시하고 있을 가능성도 있어. 그런데, 그런 걸 알 수 있어?"

"저 애들이 알려주거든요."

탐지 스킬에 대해서는 말하지 않고 곰돌이와 곰순이의 능력이라고 했다.

틀린 말은 아니었기에 문제될 건 없었다.

"그럼 이제 어떡하죠?"

"원래대로라면 따라오는 사람을 확인하고 싶지만 무리겠지."

"그래요?"

"뒤를 밟는 사람은 앞서 가던 사람이 눈치를 채도 상관없도록 평범한 복장을 하고 있어서 외관만으로는 판단이 안 돼."

뭐, 그렇긴 한가. 「나는 나쁜 놈입니다」라는 복장을 하고 따라올 바보는 없겠지.

"유나, 오크와의 싸움으로 네가 강하다는 건 알았지만 저 곰들도 전력에 넣어도 괜찮아?"

"노아와 일행들을 지키게 할 거라서 그다지 전력이 되진 않아요."

마리나는 고개를 가로로 저었다.

"그게 아니라, 소환수들에게 미사나 님과 그란 님의 호의를 부탁해도 될까? 그렇게 하면 우리들도 싸우기 쉬워질 것 같은데."

확실히, 호위 대상을 지키면서 싸우는 건 어렵다.

나로서는 피나와 노아를 위험한 상황에 맞닥뜨리게 하고 싶지는 않았다.

그래서 습격을 당하게 된다면 혼자서 처리할 작정이었다.

다만, 마리나 일행에게는 습격을 당할 가능성도 있으니 각오를 해주길 바랐다.

정보도 없이 습격을 당하는 것과 정보가 있는 상태로 습격을 당하는 것은 천지 차이였다.

"알았어요. 미사 쪽 일행도 지키도록 할게요. 전원 마차 안에 있으면 지키기 쉬울 테고요."

"고마워. 그란 님에게는 내가 보고 드릴게."

마리나는 감사 인사를 하곤 동료들이 있는 곳으로 돌아갔다.

그 후, 저녁 식사를 하고 잘 준비를 시작했다.

"유나 님, 정말 습격을 당할까요?"

식사를 할 때 마리나가 전원에게 보고를 했고, 습격을 당할 경우엔 노아, 미사, 피나는 마차에 들어가 있으라는 지시가 있었다.

"모두 걱정 안 해도 돼. 무슨 일이 생겨도 이 아이들이 지켜줄 거니까."

곰돌이와 곰순이가 「크응」 하고 대답했다.

"그리고 내가 질 거라고 생각해?"

노아와 피나는 마리나 이상으로 나에 대해 알고 있었다.

"그러니까 안심하고 자도 돼."

"유나 언니, 무리는 하지 마세요."

"괜찮아. 마리나도 말했지만, 약삭빠르게 우리를 호위 대신으로 쓰고 있는 평범한 여행객일지도 몰라."

"그렇다면 다행이지만요."

불안해하는 피나의 머리를 부드럽게 쓰다듬어 주었다. 그러자 부럽다는 듯 노아와 미사가 바라봐서 두 사람도 똑같이 머리를 쓰다듬어 주었다.

이것으로 불안감이 떨쳐진다면 어려운 일도 아니었다.

"내일 아침도 일찍 일어나야 하니까 어서 자렴."

"네. 유나 언니, 안녕히 주무세요."

"유나 님, 안녕히 주무세요."

"안녕히 주무세요."

세 명은 곰돌이와 곰순이에게 안긴 채 잠들기 시작했다.

마리나 일행 쪽을 보자 전원이 어딘가 불안해하는 듯 했다.

나도 뒷일은 곰돌이와 곰순이에게 맡기고 자기로 했다.

실제로 습격을 당할지 어떨지는 모르는 일이었고, 수면은 아주 중요한 일이었다.

몸이 흔들렸다.

눈을 뜨자 곰순이가 일으켜줬다.

"곰순아?"

서서히 잠에서 깨어나 잠들기 전의 일을 떠올렸다.

그랬다. 습격당할 가능성이 있었던 것이었다.

곰순이가 나를 깨웠다는 것은 그렇다는 건가?

나는 탐지 스킬을 사용했다.

오오. 있네, 있어. 점점 더 모여들었다.

열, 스물…… 스물다섯 명 정도인가?

모험가인 호위 네 명에게 스물다섯 명이라니 너무 많잖아?

이곳 이세계는 강한 자 혼자서 전부를 쓰러뜨릴 수 있는 세계였다.

피나가 깨지 않도록 조심하면서 곰순이의 품에서 빠져나왔다.

만약 도적이 다가오면 모두를 지키도록 전달해 두었다.

그렇게 둘 생각은 없지만 말이지.

"설마, 온 거야?"

마리나와 일행이 다가왔다.

"일어나 있었어요?"

교대로 보초를 설 거라고 생각했는데 전원 일어나 있을 줄은 생각도 못했다.

"습격 당할지도 모른다는 말을 들으니까 잠을 못 자겠어."

그렇다고 해서 전원 일어나 있을 필요는 없다고 생각했다.

쓸데없는 걱정일 가능성 또한 있었으니까 말이다. 하지만 쓸데없는 걱정은 아니었다.

"이 앞에 꽤 많은 수의 사람들이 모여들고 있는 것 같아요."

"모두 깨워서 마차 안으로 들어가게 해."

마리나가 자고 있는 모두를 깨우려고 하는 것을 내가 저지했다.

"자게 내버려둬요. 저 혼자서 다녀올 테니까."

"혼자서……?"

마리나 일행이 걱정스럽게 바라봤다.

"괜찮아요. 혹시 놓치는 사람이 생기면 부탁할게요."

피나와 모두가 있는 곳에 오게 내버려둘 생각은 없었지만 만일을 대비해 부탁을 해두었다.

"유나가 강하다는 건 알고 있지만……."

사람 수가 꽤 된다고 하지만 그 중에 센 사람이 있을까?

고블린 무리라면 문제는 없을 테고, 강한 자가 있다면 더더욱 피나와 모두가 있는 곳에 다가오게 하고 싶지 않았다.

"나도 따라갈게."

"마리나?!"

동료 모험가들이 놀랐다.

"거치적거려요."

나는 진심을 말했다. 확실하게 말해서 거치적거릴 뿐이었다.

"……진짜로 혼자서 괜찮겠어?"

"괜찮아요."

저기 모여 있는 자들 중에서 타이거 울프와 블랙 바이퍼 이상으로 센 자가 있을 것이란 생각은 들지 않았다.

"알았어. 그럼, 부탁할게."

"네, 다녀올게요. 모두를 잘 부탁해요."

곰돌이와 곰순이에게 안겨있는 피나, 노아, 미사를 바라봤다.

세 명은 기분 좋게 잠들어 있었다.

나는 곰돌이와 곰순이에게 뒤를 부탁하고 어둠 속을 달리기 시작했다.

그렇게 어둠 속을 달리다가 알게 된 것이 있었다.

주변이 잘 보였다. 설마 곰 장비 덕분인 건가?

가끔 잘 모르는 능력이 부가되어 있는 것 같으니 다음번에 시간이 날 때 검증을 해봐야겠다.

시야에 사람이 들어왔다. 이렇게 늦은 밤임에도 불구하고 불을 지피지도 않고 어둠 속에 모여 검을 쥐고 있는 모습이 보였고, 좋지 않은 대화소리도 들려왔다.

이러면 습격당하기 전에 습격해도 문제는 없겠지.

나는 방심하고 있는 도적들을 향해서 달렸다.

곰 신발은 소리를 내지 않았고, 검은 곰 옷이 어둠 속에 녹아들어 잘 보이지 않았다.

나는 마법 준비를 했다.

"뭐지?"

도적들이 눈치를 챘을 땐 늦었다.

이미 마법이 발동하고 있었다.

공기 덩어리로 도적을 덮쳤다.

말에 타고 있던 자는 떨어뜨려서 뒤쪽으로 날렸다. 말 근처에 있던 자는 말을 피해 뒤쪽으로 굴렀다.

말은 잘못이 없으니까.

공기 덩어리는 도적단을 한군데로 모았다.

곧바로 땅 마법을 발동 시켰다.

쓰러져 있는 도적들을 둘러싸듯 수많은 흙기둥이 지면에서 솟아올랐다.

도적들은 몸을 일으켜 도망치려 했지만 흙기둥이 막고 있어 도망칠 수 없었다.

오른쪽도 왼쪽도, 앞도 뒤도 길이 없었다.

있는 건 위쪽뿐이었다.

하지만 그 위도 뚜껑을 덮듯 땅 속성 마법으로 막았다. 감옥이 완성되었다.

"제길! 검으로도 부서지지 않잖아. 누가 마법이라도 써봐!"

도적 중 몇 명이 마법을 썼지만 감옥에 의해 튕겨졌고, 감옥 안에서 반사된 마법으로 큰 소란이 일었다.

"마법은 그만 둬! 죽겠어!"

"제길! 도대체 무슨 일이 일어난 거야?"

"누가 빛 마법 좀 써봐."

그 빛에 비춰져 보인 건 감옥에 갇혀있는 자신들의 모습이었다.

"안녕하세요. 도적 여러분."

내가 말을 건네자 그들은 겨우 내 존재를 알아차렸다.

"곰?"

"뭐지, 그 복장은?"

"이거 네 놈이 한 짓이냐!"

"너는 곰 위에 올라타 있던 곰이잖아."

나에 대해 알고 있는 자가 있었다. 그가 우리의 뒤를 밟고 있던 걸까.

곰이 있다는 걸 알고도 잘도 덮치려 했다니. 하지만 마법사가 있다면 곰 정도는 쓰러뜨릴 수 있다고 생각한 건가.

"우리에게 이런 짓을 하고 무사할 줄 아냐!"

바보인 건가 멍청한 건가. 자신들의 상황을 이해하고 있지 않은 것 같았다.

감옥에 들어가 있는데 뭘 할 수 있을 거라고 생각하는 거지?

일단 물 마법으로 도적들에게 물을 끼얹어 조용하게 만들었다.

"이번에 입을 열면 불을 날리겠어."

"시끄러워! 우리가 자몬 도적단이라는 걸 알고—."

"파이어!"

화염 덩어리를 감옥 안으로 날렸다

"뜨거워, 뜨겁다고! 네 녀석, 무슨 짓을 하는 거야!"

안에 있는 마법사가 물을 만들어 불을 껐다.

"입을 열면 불을 날리겠다고 말했잖아. 바보야? 멍청한 건가?"

"네 놈······!"

그는 무언가 말하고 싶어 했지만 입을 열지 않았다.

나는 땅 마법으로 감옥을 지면 째로 50센티미터 정도 공중으로 띄었다.

안에 있는 도적들은 지면에서 떠오르자 균형을 잃고 넘어지는 자도 있었다.

그렇게 소란을 피웠지만 무시했다.

그 다음으로 떠오른 감옥 밑바닥 부분에 바퀴를 붙이니 움직이는 감옥이 완성됐다.

물론, 승차감은 고려하지 않았기 때문에 스프링 같이 진동을 완화시키는 것은 붙이지 않았다.

울퉁불퉁한 길에서는 꽤나 흔들릴 거라 생각했지만 감옥에는 필요하지 않았다.

그리고 이 이동식 감옥을 움직이는 원동력이 필요했다.

동력은 말이라고 생각했지만 마법 때문에 말은 전부 도망쳐버렸다.

그래서 그 다음 동력원을 생각했다. 방법은 금방 떠올랐지만 눈에 띄는 게 문제였다.

하지만 이것뿐이어서 어쩔 수 없었다.

"나와라, 곰!"

땅 마법을 발동시켜 흙으로 된 곰 골렘을 만들어냈다.

타이거 울프와 블랙 바이퍼를 토벌했을 때 만들었던 화염 곰, 물 곰과 같은 것이었다.

동력원은 내 마법이라 마음대로 움직일 수 있었다.

"곰이다!"

"저건 뭐야!"

도망칠 수 없는 감옥 안에서 도적들이 소란을 피웠다.

"우리를 어쩔 셈이냐!"

"여기서 나가게 해줘!"

시끄럽군. 도적질 같은 걸 하는 놈들은 정말 어느 세계건 바보들이 많아.

가끔 머리가 좋은 두목이 있는 경우도 있지만 이번엔 멍청한 놈들의 무리였던 것 같다.

나는 아무 말 않고 감옥 안으로 파이어 볼을 날려 조용히 시켰다. 아까처럼 마법사 한 명이 불을 열심히 없앴다.

"또 다시 입을 열면 이번엔 입 안에 넣어 주겠어."

내가 파이어 볼을 만들어내며 말하자 도적들은 바로 조용해졌지만 대신 나를 매섭게 쏘아봤다.

상황 파악이 제대로 안 되는 건가?

뭐, 조용해졌으니까 곰 골렘에게 감옥을 끌게 하고 마차가 있는 곳으로 가기로 했다.

너무 늦으면 마리나 일행이 걱정할지도 모른다.

감옥을 끌고 돌아가자 모두 깨어나 있었다.

🎀 55 곰 씨, 왕도에 도착하다

　곰 골렘에게 감옥을 끌게 하고 돌아가자 모두 일어나 있었다.

　"모두 일어나 있었어요?"

　피나와 아이들도 곰돌이와 곰순이에 올라타 기다리고 있었다. 혹시 피나와 아이들만이라도 도망치게 하려고 했었던 걸까?

　"일어나 있었어요? 가 아니지. 도적이 와 있다는 걸 아는데 자고 있을 수 없잖아."

　"그렇지. 도적에게 언제 습격을 당할지 모르는 상황에서 자고 있을 순 없지."

　그란 할아버지도 일어나 있었다.

　나이가 있으신 분이 잠을 안 자면 좋지 않은데…….

　"유나 님, 아무리 그래도 아무 말 없이 가는 건 아니라고 생각해요."

　"유나 언니, 정말 이번에는……."

　도적을 잡아왔는데 어째서 혼나는 거지?

　이상했다.

　아까부터 모두의 눈동자가 나와 내 뒤를 번갈아 보고 있었다.

　어느 쪽에 시선을 두어야 할지 곤란한 모양이었다.

　"으음, 어디부터 물어봐야 하지?"

모두를 대표해서 마리나가 나에게 물었다.

"일단 도적들이 어떻게 된 건지 알려줄래?"

모두의 시선이 나에게로 모이더니 질문을 하기 시작했다.

어째서?

"보시는 바와 같이 도적을 잡아서 감옥에 넣은 것뿐인데요."

그것으로 설명은 끝이 났다.

"어떻게 하면 그 많은 인원을 혼자서 잡을 수 있는 거지?"

"마법으로 착착."

"그 감옥은?"

"마법으로 착착."

"마지막으로 저 곰은?"

"감옥을 옮기려면 필요해서 착착 만들었어요."

주변에서 한숨과 기가 막힌다는 표정, 그리고 내 대답에 곤란해 하는 분위기 등 여러 가지가 흘렀다.

"대답을 들을 때마다 따지고 싶은 부분이 늘어나는데."

마리나가 기가 막힌다는 얼굴로 나를 쳐다봤다.

"그럼 저 도적들은 어떡하려고?"

"뭐, 어떻게 하는 게 좋을 것 같아요? 왕도로 데려 갈까요? 아니면 여기서 죽일까요?"

내가 내뱉은 「죽일까요?」라는 말에 도적들이 반응했다.

"혹시 저 도적단, 자몬 도적단 아니야?"

마리나의 뒤에서 도적단을 보고 있던 마법사 엘이 입을 열었다.

"자몬 도적단?"

분명, 본인들도 그런 말을 했었던 것 같은데…….

"이 근방에서 난폭한 행동을 일삼는 도적단이야."

"농담이지? 그 자몬 도적단을 혼자서 잡았다고?"

"그렇게 대단해요?"

"돈을 빼앗고, 여자가 있으면 겁탈하는 등, 악질인 도적단이라고 들었어요."

어쩌면 이번엔 마리나 일행의 여자들이 목적이었을 가능성도 있었다. 하지만 피나와 아이들이 대상이었을 가능성도 있다는 생각이 들자—.

"그렇다면 죽일까?"

여자를 범한다는 말에 반응해버렸다.

"귀찮지만 왕도 경비대에게 넘겨서 아지트를 불게 하는 편이 나아. 아지트에 잡혀있는 여자가 있을지도 모르니까. 원래대로라면 바로 구하러 가는 게 낫지만, 아지트에 있을 살인자나 장소도 모르고, 캐묻기에도 시간이 걸릴 테니까. 말해도 그게 진짜인지 아닌지도 모르고. 게다가 우리는 호위 중이고, 붙잡은 도적들도 있어. 그러니 지금은 왕도로 가서 경비대에게 넘기는 편이 좋을 거라 생각해."

마리나의 설명은 지당한 말이었고, 반대할 생각은 없었다.

마리나 일행 또한 여자가 잡혀있을 가능성이 있다면 도와주고 싶을 테지만 자신들의 상황과 실력을 생각하고 내린 결단일 것이다.

나로서도 피나와 아이들을 두고 아지트로 갈 생각은 없었다.

귀찮지만 도적단은 왕도로 옮기게 됐다.

"그럼, 앞으로 어떻게 할지도 정했고, 아직 어두우니까 잘까?"

아직도 깊은 밤이었다. 원래대로라면 꿈속에 있었을 시간이었다.

"이 상황에서 잔다고?"

"이 도적들 수를 보면 잘 생각이 들질 않는데."

"나도."

"유나 님, 저도 못 자겠어요."

"유나 언니……."

"역시 나도 못 자겠구나."

내 제안에 찬성하는 사람은 아무도 없었다.

지금 안 잔다고 해도 내일은 이 도적들 옆에서 자게 될 텐데…….

그리고 못 잔다고 해도 날이 밝으려면 아직 한참 멀었다. 잠을 안 자면 뭘 한다는 거지?

"차라리 출발을 하는 건 어떻겠니. 말에게는 미안하지만 잘 달래야지. 도중에 말이 지치면 그때 쉬면 될 것 같은데."

그 말에 모두 출발 준비를 시작했다.

도망칠 준비를 했기 때문에 바로 출발할 수 있을 것 같았다.

결국, 심야임에도 불구하고 왕도를 향해 이동하게 됐다.

뭐, 나는 곰순이 위에서 잘 거지만 말이다.

출발하고, 어느덧 해가 뜨고, 말의 휴식을 위해 아침 식사를 하기로 했다.

그러자 도적들이 소란을 피우기 시작했다.

"우리에게도 먹을 걸 넘겨줘!"

"그래, 맞아!"

"며칠 정도 안 먹는다고 죽진 않아."

"웃기지 마!"

소란을 피우는 도적들에게 물을 끼얹어 조용히 시켰다.

참고로 도적들이 가지고 있던 아이템 봉투, 무기 등은 모두 압수했다.

그래서 아이템 봉투 안에 음식들이 있다고 해도 그들은 먹을 수 없었다.

그들이 먹을 수 있는 건 마법사가 만든 물뿐이었다.

시간이 지나면서 도적단들은 서서히 쇠약해져 갔다.

이제껏 해왔던 흉측한 일들을 생각하면 별것도 아니었다.

도적들을 잡고 며칠이 지난 점심 무렵, 왕도를 둘러싼 방벽이 보였다.

여기저기 난 길에서 왕도로 향하는 마차가 합류했다.

"이 이상 가면 눈에 띌 테니 여기서 멈추지."

그란 할아버지가 지시를 내려 마차를 세웠다.

"유나, 미안하지만 기다려주게. 경비병을 불러올 테니."

그란 할아버지와 일행이 탄 마차는 우리를 두고 먼저 앞으로 나갔다.

그란 할아버지와 마리나 일행은 이상한 칭호를 얻어 왕도에서 소동을 일으키고 싶지 않다면 곰 골렘을 데리고 왕도로 가지 않는 편이 좋다고 충고를 해주었다.

그란 할아버지 일행과 이야기를 나눠 소동을 일으키지 않기 위해 경비대를 불러오기로 했던 것이다.

나는 경비대가 와도 소동이 일어나지 않도록 준비했다. 우선 곰 골렘을 없애고, 그 다음으로 감옥을 없앴다. 남은 것은 묶여있는 도적들뿐이었다.

도적들에게는 제대로 된 식사를 하지 못하게 했기 때문에 꽤나 쇠약해져 있었다. 묶여져 있었던 탓도 있어서 도망치려 하는 자는 없었다.

마지막으로 곰돌이와 곰순이를 송환했다.

남은 것은 그란 할아버지 일행이 경비대를 데려오는 것을 여유롭게 기다리는 일뿐이었다.

"그건 그렇고 벽이 크네."

멀리서 봐도 크다는 것을 알 수 있었다.

피나도 처음 보는 크기에 놀랐다.

"그러게요. 크네요."

피나는 벽을 뚫어져라 쳐다보고 있었다.

"이렇게 멀리까지 올 줄은 생각 못했어요. 아버지는 제가 어릴 적에 돌아가시고 어머니도 아프시니까 매 끼니를 챙기는 것도 힘들어서 왕도에 올 일은 없을 거라고 생각했어요. 생각도 못했는데…… 이것도 유나 언니 덕분이에요."

"앞으로 즐거운 일이 많을 거야. 왕도에서는 즐겁게 보내자."

"네!"

피나와 앞으로의 이야기를 하고 있는데 그란 할아버지가 탄 마차가 돌아왔다. 그 뒤로는 말을 탄 경비대의 모습도 보였다.

"유나, 기다렸지?"

"마리나 님, 이쪽에 있는 게 자몬 도적단인가요?"

경비대가 묶여있는 도적들을 바라봤다.

마리나는 마차의 마부석에서 내린 후 대답했다.

"네, 맞아요."

"인원이 이렇게나 많은데 잘 잡으셨네요."

"네. 뭐, 저 여자아이가 활약해줬거든요."

"조금 전 설명하셨던 곰 옷차림의 여자아이 말씀이시군요."

경비대는 의심스럽다는 듯이 나를 봤지만 마리나와 그란 할아버지에게 미리 설명을 들었는지 깊게는 물어오지 않았다.

도적들은 경비대 마차에 올라탔다.

모두 초췌해져서 반항하는 자는 없었다.

그란 할아버지는 조금 떨어진 곳에서 경비대장으로 보이는 사람과 이야기를 나누고 있었다.

"란젤, 우리들은 이제 가도 되겠나? 긴 여정으로 피곤하니 쉬고 싶은데 말이야."

그렇다. 나도 얼른 왕도 안으로 들어가고 싶었다.

"네, 괜찮습니다. 협조해 주셔서 고맙습니다. 추후 보고드릴 테니 쉬십시오."

귀찮은 일은 되도록이면 사양하고 싶어서 이번 건은 모두 그란 할아버지에게 부탁해두었다.

"모르는 게 생기면 내가 있는 곳으로 오게."

그란 할아버지가 내게로 올 질문들을 대신 짊어주시기로 했다.

생명의 은인이니 이 정도는 괜찮다고 말씀해 주셨다.

좋은 사람이다. 이 세계의 귀족들은 좋은 사람이 많은가?

"그럼, 우선적으로 왕도에 들어가실 수 있도록 조치해두겠습니다."

"고맙네."

경비대장은 그란 할아버지에게 고개를 숙인 후 일을 지시하러 돌아갔다.

"유나, 숨길 수 있는 부분은 숨겼지만 무슨 일 생기게 된다면 연락하지. 괜찮은가?"

"네, 고맙습니다."

"인사는 됐네. 자네는 생명의 은인이지 않은가."

뒷일은 경비대에게 맡기고 우리는 왕도로 향했다.

곰돌이와 곰순이를 송환해버려서 걸어서 가려고 했더니 그란 할아버지가 마차에 타라고 말씀해 주셨다.

기쁘긴 한데 다 탈 수 있을까?

마차의 마부석에는 마리나 일행인 모험가들 세 명이 앉았고, 마차 안에는 나와 내 양쪽으로 피나와 노아, 맞은편에는 그란 할아버지와 미사, 마법사인 엘이 앉았다.

꼬맹이인 피나와 노아가 아니었다면 내 인형 옷 때문에 앉지 못했을 수도 있었다.

두 사람은 비좁아도 불평 없이 내 옆에서 기쁜 듯 앉아 있었다.

마차는 아홉 명을 태우고 덜컹덜컹거리며 왕도 입구를 향해 움직이기 시작했다.

마차 앞에는 경비병이 탄 말이 선도해주고 있었기 때문에 줄 서 있는 사람들의 옆을 앞지를 수 있었다.

조금 미안한 감정이 들었다.

입구에 도착하자 경비병의 말이 멈췄고, 신원 확인을 위해 수정판에 길드 카드와 시민 카드를 대라는 지시를 받았다.

수정판에 카드를 대려면 마차에서 한 번 내려야 했다. 내가 마차에서 내리자 주변 사람들이 소란스러워지기 시작했다.

"곰?"

"곰이야?"

"뭐야, 저 복장은?"

"유나의 옷차림은 눈에 띄는구나."

그렇게 진지하게 말하지 않아도 알고 있어요.

나는 수정판에 길드 카드를 가져다 대고 범죄 이력이 없다는 것을 증명한 후 마차 안으로 돌아왔다.

그 모습이 이상했는지 피나와 아이들이 웃고 있었다.

"유나 님, 괜찮아요. 유나 님 복장은 귀여운 걸요."

열 살짜리 아이에게 귀엽다는 말을 들어도 어떤 반응을 해야 할지 곤란했다.

전원 수정판으로 확인이 끝나고 마차로 돌아왔다. 마차 안으로 모두 돌아오자 마차가 다시 움직여 왕도 안으로 들어갔다.

그란 할아버지의 호의 덕분에 마차를 타고 노아의 어머니가 계시는 집까지 데려다 주는 건 당연한 일로 되어 있었다.

"노아네 집은 어디에 있지?"

"상류지구예요. 여기에서부터면 거리가 좀 있네요."

"마차가 아니면 나 같은 노인네는 힘들 거리구나."

마차는 덜컹덜컹 거리며 천천히 앞으로 갔다.

마차의 작은 창으로 보이는 왕도는 북적거리고 있었다.

피나도 조그마한 입을 연 채 밖을 바라보고 있었다. 이런 표정을 보게 되다니, 데려오길 잘했다고 생각했다.

"국왕의 탄신제를 맞아 여러 곳에서 사람들이 모인 모양이로구나."

그렇다면 왕도 입구에 있었던 사람들도 탄신제을 축하하러 온 사람들이었나.

"평소에도 왕도에는 사람이 많지만 앞으로 점점 더 사람들이 모일 거야."

마차를 몰고 있던 마리나가 알려줬다.

그 말에 피나는 기대하고 있었고, 나 또한 기대됐다.

문제가 있다면 곰 옷차림인데, 이것만은 어쩔 수 없었다.

마차가 서서히 사람들이 별로 다니지 않는 장소로 들어섰다. 건물의 외관도 바뀌고, 저택 같은 훌륭한 집이 많아졌다.

"유나 님, 보이기 시작했어요. 저기가 저희 어머님이 계시는 집이에요."

크리모니아 마을에 있는 영주의 저택과 비슷했다.

그건 그렇고 노아의 어머니는 뭐하시는 분이지? 가족과 떨어져 성에서 일하고 있다고 하긴 했는데…….

노아에게 물어보고 싶었지만 성에서 일하고 있다는 것 외엔 모르는 것 같았다.

마차가 저택 앞에서 멈췄다.

"그럼 느와르, 시간 나면 왕도에 있을 동안만이라도 좋으니 미사와 같이 놀아주렴."

"어머님은 안 만나셔요?"

"이 시간엔 안 되지. 나중에 보고드릴 겸 인사하러 오마."

"노아 언니, 피나 언니, 유나 언니, 놀러 오세요."

"그래, 갈게."

"가능하면 곰돌이와 곰순이랑도 놀고 싶어요."

"알았어. 같이 놀아주렴."

"네!"

우리는 마리나 일행에게 감사 인사를 하고 마차에서 내렸다.

"우리야말로 고마웠어. 처음엔 이상한 복장을 한 여자아이라고 생각했지만 말이야."

마리나는 웃으며 그렇게 말했지만 무시하는 느낌은 들지 않았다.

"곤란한 일이 생기면 말해. 우리가 할 수 있는 일이라면 도와줄게."

마리나가 고삐를 쥐자 말이 움직였다. 마차는 천천히 움직이며 멀어져갔다.

🎀 56 곰 씨, 노아의 언니와 만나다

멀어져가는 마차를 배웅했다.

"그럼, 유나 님, 피나, 안으로 들어가요."

그렇게 노아와 저택으로 들어가려고 하는데—.

다다다다다다다다다다다.

어디선가 달려오는 발소리가 들렸다.

다다다다다다다다다.

발소리는 점점 뒤에서부터 가까워졌다.

소리가 나는 방향으로 돌아보자 금발머리의 여자가 달려오고 있었다.

"노아!"

"어머님!"

달려온 인물이 노아를 끌어안았다.

"노아, 보고 싶었단다."

노아에게 볼을 비비적거리는 여성.

노아와 똑 닮은 예쁜 금발 머리.

나이는 스물다섯 살 전후로 노아의 어머니라 하기엔 젊었다.

노아에게 볼을 비비적거리는 모습을 보니 얼굴은 매우 닮아있었다.

나이 차이가 나는 언니라고 해도 이상하지 않았다.

도대체 몇 살 때 딸을 낳은 거지?

"클리프는 없니?"

노아의 어머니가 주변을 둘러보며 입을 열었다.

"아버님은 아직 마을에서 일하고 계세요. 제게 혼자 먼저 왕도로 가라고 하셨어요."

"그러니? 클리프가 용케도 혼자 보냈네."

"그건 유나 님이 호위를 해주셔서 그래요."

노아가 내 쪽을 바라봤다.

"유나? 혹시 그쪽에 재미있는 복장을 한 아이를 말하는 거니?"

재미있는 복장이라는 말은 처음 들었다. 이상한 복장이라고는 자주 들었는데.

뭐, 그게 그거지만 말이다.

"여기 곰 옷차림을 하고 계시는 분이 모험가인 유나 님이에요. 왕도까지 호위를 해주셨죠. 그리고 이쪽은 피나예요. 곰 친구예요."

뭐야? 곰 친구라니?

그것보다 언제부터 그런 친구가 된 거지?

일단 그 이야기는 제쳐두고, 노아의 어머니에게 인사를 했다.

"모험가인 유나입니다. 잘 부탁드리겠습니다."

"피나라고 합니다. 이번에 유나 언니를 따라오게 되었습니다."

피나가 나를 따라 자기소개를 했다.

"어머나, 귀여운 아이들이구나. 나는 노아의 엄마인 엘레로라야.
자세한 얘기는 여기선 좀 그러니까 안으로 들어가서 하자꾸나."

"그런데 어머님, 어떻게 제가 왕도에 왔다는 걸 알고 계셨던 거
예요?"

"문지기에게 너와 클리프가 오면 바로 나에게 알리도록 말해놨
거든. 그리고 연락이 와서 일거리들은 국왕 폐하께 모두 떠넘기고
달려온 거야."

바로 연락했다는 건 우리가 저택에 도착하기 전에 성으로 소식
을 전하러 갔다는 거네.

그거 꽤나 서둘렀다는 거 아냐?

게다가 일을 국왕 폐하에게 떠넘겼다니, 그래도 되는 거야?

오랜만에 딸을 만나는 거니까 어쩔 수 없는 건가.

우리는 엘레로라 씨의 안내를 받아 저택 안으로 들어갔다.

저택 안은 넓었다.

메이드들이 마중을 나와 줬다. 내 옷차림을 보고 표정이 바뀌
는 사람도 있었지만 웃거나 하는 사람은 없었다. 일단 노아의 손
님이라서 그런가.

우리는 넓은 방으로 안내 받았다.

"편히 앉으렴. 피곤하지?"

방에는 다섯 명 정도 앉을 수 있는 고급스러운 소파 두 개가 테
이블을 사이에 끼고 놓여있었다.

피나는 아까 전부터 내 옆을 벗어나지 않았다. 내 행동을 따라하는 것 같았다.

내가 소파 정 중앙에 앉자 오른쪽에 피나가 다소곳이 앉았고 왼쪽에 노아가 앉았다. 모두가 소파에 앉자 메이드가 마실 것을 가져다 주었다.

목이 말랐기 때문에 감사히 마셨다. 피나도 나를 따라 컵을 손에 들었다.

응, 차가워서 맛있네.

나는 목을 축이고 다시 엘레로라 씨 쪽을 바라봤다.

"이것이 클리프 님께 받은 물건입니다."

곰 박스에서 고블린 킹의 검이 든 상자와 편지를 꺼냈다.

"어머, 그 손에 달린 곰은 아이템 봉투구나."

엘레로라 씨는 그렇게 말하고 편지를 펼쳐 내용을 확인했다.

그녀는 고개를 몇 번 끄덕이고 내 쪽을 쳐다봤다. 그리고 내용을 다 읽은 후 편지를 접었다.

"이게 고블린 킹의 검이란 말이지. 꽤 진귀한 물건을 준비했네. 게다가 유나가 넘겨줬다니."

"아뇨, 대단한 물건은 아닙니다."

"그 말투는 그만 두었으면 하는구나. 어쩐지 엄청 이야기를 나누기 힘들어."

솔직하게 말해서 귀찮기도 하고 말하기도 어려웠다. 상대가 일단 귀족이니까 정중한 말투를 사용하고 있었는데 엘레로라 씨는 꿰뚫고 있었던 모양이었다.

"괜찮아요?"

"괜찮아. 편지에도 적혀있기도 하니까."

그 클리프가 나에 대해 편지에 어떤 식으로 적었는지 신경 쓰였다.

"말투는 신경 쓰지 않는 게 좋다. 복장에 대해서는 묻지 않는 게 좋다. 그리고 보기와는 달리 강하다. 복장 때문에 트러블이 자주 일어나니까 도와줘……. 이 외에도 여러 가지 적혀있어."

응, 엄청난 민폐녀로 들리네.

하지만 모두 맞는 말이라 정정할 수도 없었다. 『여러 가지』라는 부분이 신경 쓰였다.

"그래도 착하고 노아도 마음에 들어 하는 모험가라고도 적혀있어. 클리프는 너에 대해 많이 신뢰하고 있나 보구나."

"그래요?"

노아의 호위를 맡게 해줄 정도이니 신용은 받고 있다고 생각하긴 했지만, 직접 말로 들으니 창피했다.

하지만 용케 인형 옷차림의 여자아이를 믿어줬네.

"딸의 호위를 너 한 명에게 맡기는 게 그 증거지. 처음엔 이런 여자아이 한 명에게 호위를 맡기다니, 라고 생각했어. 혼자서 고블린 100마리 토벌, 고블린 킹 토벌, 오크 토벌, 타이거 울프 토벌, 블랙 바이퍼 토벌— 이렇게 여기에 적혀있는 내용이 농담이라고 생각이 들 정도야."

"맞아요, 유나 님은 대단해요. 왕도로 올 때도 오크들을 쓰러뜨리고 도적도 혼자서 잡았다고요!"

노아의 입에서 나온 새로운 사건에 엘레로라 씨는 놀라워 했다.

"그게 정말이니?"

"네, 그때 그란 할아버님도 계셨으니 증인이 되어주실 거예요."

노아는 왕도로 오는 동안 어떤 일이 있었는지 즐거운 듯 이야기했다.

오랜만에 어머니를 만나서 기쁠 것이다.

"벌써 시간이 이렇게 되었구나. 슬슬 시아가 돌아올 시간이야."

"시아요?"

새로운 이름이 나왔다.

"네, 저희 언니예요. 지금 왕도에 있는 학교에 다니고 있거든요."

"노아한테 언니가 있었어?"

"네. 다섯 살이나 나이 차이가 있지만요."

그렇다는 건 15살이라는 얘기?

도대체 몇 살 때 애를 낳았다는 거야? 나는 다시 엘레로라 씨를 봤다.

겉모습으로 봤을 때와 같이 스물다섯 살이라면 열 살 때 낳은 게 되었다.

　스물여덟 살 정도로 보면 열세 살에 애를…… 아슬아슬 하려나.

　물론 일본에서라면 불가능했다. 하지만 여기는 이세계다. 있을 수 없는 일은 아닐지도 몰랐다.

　"유나, 뭔가 이상한 생각하는 거 아니니?"

　속마음이 읽혔다.

　이 사람은 사람의 마음을 꿰뚫는 재능이 있는 것인가, 그게 아니면 내가 얼굴에 잘 드러내나?

　"엘레로라 씨가 젊게 보여서 도대체 몇 살 때 아이를 낳은 건지 싶어서요."

　"어머나, 젊다니 몇 살로 보이는데?"

　엘레로라 씨는 볼을 물들이며 기뻐하는 듯 했다.

　어느 세계든 여자는 젊다는 말을 들으면 좋아하는구나. 나는 어려 보인다고 들으면 화나던데.

　"처음엔 스물다섯 살 정도라고 생각했는데 열다섯 살인 따님이 있다면 몇 살이실까 생각했어요."

　"어머어머, 기분 좋은 말을 해주네. 원래라면 나이는 알려주지 않겠지만 유나에게는 특별히 알려줄게. 올해로 서른다섯 살이란다."

　이렇게 젊어 보이는데 서른다섯 살이라니, 말도 안 된다.

　그런데 그럼 스무 살 때 아이를 낳은 거구나.

　"어머님은 미인이신데다 유명하시니까요."

　"어머, 그렇다면 우리 노아도 미인이 될 거야."

"그렇게 된다면 기쁠 거예요."

노아가 기쁜 듯 말했다.

그때 문 건너편이 소란스러워졌다.

"어머님, 다녀왔습니다! 노아가 왔다는 게 사실이에요?"

문이 열리자 또 다른 노아 닮은꼴인 약간 연상의 트윈 테일 머리를 한 여자아이가 방으로 들어왔다.

노아의 언니인 시아라는 아이인가? 교복을 입었는데, 이 세계에도 교복은 있구나.

"시아, 손님들 앞이잖니."

"실례했습니다. 근데 곰?!"

나를 보곤 놀랐다.

"그래. 곰에게 실례잖니."

엘레로라 씨, 당신도 실례예요.

"어머님. 농담은 그만 두세요."

"후훗, 농담이 아니야. 이 곰 차림을 하고 있는 아이가 왕도까지 노아를 호위해 준 모험가 유나란다. 옆에 있는 아이는 친구인 피나야."

엘레로라 씨가 간단하게 우리들에 대해 설명했다.

"설마 여자아이 셋이서 왕도까지 왔다는 거예요? 그거야말로 농담이시죠? 이런 어린 아이들이 크리모니아에서 왕도까지 오다니요."

어린 여자아이라는 거에 나도 포함되는 거야?

확실히 나보다 키는 크지만—.

"거기 너, 일어나주지 않겠어?"

나는 말을 따라 일어났다.

"이런 귀여운 여자아이가 모험가라니 말도 안 돼요."

'귀여운 여자아이라니. 나는 너와 동갑인 열다섯 살이라고.'

확실히 나는 시아보다 키가 작았고 가슴도 작았다.

하지만 앞으로 성장할 테니 아무런 문제는 없었다.

"언니, 유나 님은 강하다고요. 유나 님 자체도 대단하지만 무엇보다도 곰 님이 대단해요."

"곰 님?"

시아는 고개를 갸웃거렸다.

하긴, 갑자기 곰이 강하다고 들어도 의미를 모를 것이다.

"그렇지. 그럼 시합을 해보는 건 어때? 그러면 시아도 납득할 테니까."

"잠깐만요."

멋대로 정하지 말아줬으면 좋겠는데? 어째서 내가 싸워야 하는 거지?

"유나, 딸을 상대해줘. 아, 상처를 입혀도 상관없어. 하지만 여자아이니까 큰 상처는 내지 말아줘."

"좋아. 그 승부 받아주지."

시아가 엘레로라 씨의 제안을 받아 들였다.

아무도 신청하지 않았으니까 받지 말아줬음 좋겠다.

귀찮게도 아무도 내 의사를 물어주지 않았다. 이야기가 점점 진행되어 갔다. 결국 시합을 하게 됐고, 다 같이 중앙 정원으로 이동하게 되었다.

"저 아이, 학교에서도 힘으로 상위에 들어서 그런지 거만해져 있으니까 높은 콧대를 꺾어줬음 좋겠어."

으음, 그런 말 들어도 어디까지 하면 좋을지…….

상처를 입혀도 된다고 한들 귀족의 딸이었다. 정말로 상처를 내서는 안 되겠지. 그런 짓을 하면 노아가 슬퍼할 테니까.

"어머님! 딱히 저는 거만하지 않은데요."

"어머, 그러니? 학교에서 너보다 강한 여자는 없다는 말, 하지 않았니?"

"그렇긴 하지만, 그렇다고 해서 거만해 지지는 않았다고요!"

엘레로라 씨는 시아를 놀리며 즐거워하는 듯 보였다. 하지만 나까지 말려들게 하지 않아줬으면 좋겠다.

"으음, 유나 씨라고 했나요?"

시아가 내 쪽을 봤다. 눈이 약간 치켜 올라가 있었다.

"네."

"유나 씨는 검, 마법 어느 쪽을 잘하세요? 좋아하는 쪽을 선택해 주세요."

이 패턴으로는 검으로 이기면 다음은 마법으로 싸우게 되겠지.

"그럼 검으로—."

메이드가 목검을 가져다주었다.

"그럼, 언제라도 괜찮으니 덤비세요."

시아는 그렇게 말한 후 검을 쥐었다. 여자아이가 예쁜 모습으로 검을 쥐니 멋있네. 긴 금발이 매우 잘 어울렸다.

"정말 언제라도 괜찮아요?"

"상관없어요."

"그렇다면 그 말만 믿고 가죠."

곰 파고들기로 한순간에 시아의 품으로 파고들었다. 시아의 검이 공중으로 날아올랐고, 내 검은 시아의 얼굴 앞에서 멈췄다.

"이걸로 됐나요?"

검을 내리고 시아에게서 떨어졌다.

이것으로 끝내주면 좋을 텐데…….

"자, 잠깐, 기다려요!"

"뭐죠?"

"다시 한 번 부탁할게요."

시아가 진지한 눈으로 부탁해왔다. 지고 분해서 그러는 것이 아니라 진지하게 다시 해보고 싶은 모양이었다.

시아는 내 대답을 기다리지 않고 목검을 주워 다시 감아쥐었다.

"부탁드립니다."

"만족할 때까지 상대해줄게요."

이런 유형의 사람은 한 번으로는 속이 풀리지 않는 경우가 많았다. 게임에서도 몇 번이고 도전해오는 사람이 있었다. 목검을 거머쥐고 시아의 움직임을 기다리자 이번엔 시아 쪽에서 공격을 해왔다.

나는 가볍게 피하고 시아의 목검을 쳐내 떨궜다. 시아는 팔이 저렸는지 팔을 눌렀다.

하지만 바로 다시 목검을 주워 쥐고는 공격을 해왔다.

검을 내리찍는 속도가 느리고 힘도 약했다. 이 나이대의 여자아이와 알고 지낸 적이 없어서 강한 건지 약한 건지 모르겠다.

나는 시아의 검을 뿌리치고 목검을 그녀의 목덜미에 겨누고 멈췄다.

시아의 검에는 전략이 없었다.

상대가 어떻게 방어하는지, 어떻게 공격하는지 아무런 생각이 없는 것처럼 보였다.

게임에서라면 상대의 공격 패턴을 읽어 방어와 공격을 한다.

상대의 틈을 만들어 그곳을 공격한다.

나는 시아의 목검을 튕겨내 텅 비어버린 몸에 목검을 겨눴다.

그럼에도 시아는 몇 번이나 도전해왔다.

"몇 번을 한들 같을 거예요."

"죄송해요. 마법을 써도 될까요?"

나는 그 제의를 받아들였다.

"고맙습니다."

시아는 왼손으로 검을 들고, 오른손에 마력을 모았다.

시아의 손에 불꽃이 모였다.

"파이어 볼."

나를 향해 화염 구슬이 날아왔다.

그런 단발성 화염 구슬은 간단히 피할 수 있었다.

가볍게 피하자 검을 치켜든 시아가 기다리고 있었다. 하지만 느리다는 점에는 변함이 없었다. 나는 목검으로 막았다.

시아는 후방으로 뛰어 거리를 만들더니 다시 화염 구슬을 날렸다.

학교에서는 뭘를 가르치고 있는 거지? 강하고 약하고의 문제가 아니었다. 싸우는 방법이 제대로 되어있지 않았다. 마법과 검을 사용할 수 있다면 두 가지를 조합해서 싸우지 않으면 의미가 없었다.

이런 실력이라면 시작하고 몇 개월 안 된 초심자 게이머 쪽이 싸우는 방법을 더 잘 알고 있을 것이다.

경험의 차이인가? 나는 게임 세계에서 대인전을 나름 몇 번 해왔다.

시비가 걸렸다고도 할 수 있었다.

하지만 게임 속에서는 만일 진다고 해도 죽지 않았다. 그럼에도 아슬아슬한 싸움, 종이 한 장 차이의 싸움을 몇 번이고 해왔다.

하지만 이 세계에서 그런 경험은 할 수 없었다.

지면 죽게 되니까.

나는 오른쪽으로 발을 옮겨 화염 구슬을 피하고 시아와의 거리를 좁혔다.

그리고 적당히 곰 펀치를 배에 가격했다.

"큭……."

시아는 허리를 굽혀 무릎을 지면에 떨궜다.

좀 강했나?

"거기까지."

엘레로라 씨가 시합을 멈췄다.

"저, 저는 아직……."

"봐주고 있다는 거, 알고 있잖니?"

"그, 그건……."

"시합 종료야."

"……네."

시아가 순순히 대답을 하고 일어나 내 쪽을 바라봤다.

"유나 씨라고 했죠? 엄청 강하시네요. 저, 이래봬도 학교에서는 강한 편에 속해요. 저보다 어린 여자아이에게 질 거라고는 생각 못했어요."

"열다섯 살이에요."

"……네?"

"그러니까, 열다섯 살이라고요. 그쪽하고 동갑이에요."

"거짓말?! 저보다 어릴 거라고 생각했어요."

확실히 평균보다는 작지만 그렇게까지 작지는 않았다. ……그럴 것이다.

"그럼, 노아의 왕도 도착과 유나와 피나의 환영회를 열어볼까?"

시합을 끝낸 우리는 식사를 대접받았다.

환영 요리라며 나온 요리들은 매우 맛있었다.

다만, 부족함을 느꼈다. 일본과 비교하면 조미료가 없는 것 같은 기분이 들었다.

설탕, 소금, 스파이스 계열은 있었지만 일본인으로서는 간장, 된장이 그리웠다.

옆을 보니 피나의 상태가 이상했다.

작은 입으로 식사를 하고는 있었지만 말수가 적었다. 가끔 말을 걸어도 짧은 대답이 많았다.

입에 안 맞나?

"어머님. 저, 학교 친구들과 선생님들이 봐주고 있던 걸까요?"

"음, 글쎄. 유나가 특별한 거야. 아마 모험가 랭크로 따지면 C는 될 테니까."

"랭크 C라니……."

랭크 C라고 해도 감이 잡히질 않았다. 아는 사람 중에 랭크 C가 없기도 하고, 어느 정도의 세기인지도 몰랐다.

시비를 걸어왔던 데보라네가 분명 랭크 D였지.

"어머님, 아무리 그래도 그건—."

"고블린 100마리 무리 토벌. 고블린 킹 토벌. 오크 토벌. 타이거 울프 한 쌍 토벌. 블랙 바이퍼 토벌. 물론 혼자서 말이지."

제가 몇 번이고 외치죠.

그러니까, 개인정보 보호법은 어디에 있냐고!

남의 전력을 말하지 않았으면 좋겠다.

"그러니까 네가 우울해 할 일이 아니야. 단지 동갑이라도 너보다 강한 아이가 있다는 것을 알아줬으면 좋겠다고 생각했을 뿐이야."

"네. 엄청 강했어요. 유나 씨, 조금 전 일은 죄송했어요."

시아는 순순히 사과를 해왔다.

좋은 아이인가?

"그런데, 유나 씨는 마법도 사용할 수 있는 거죠?"

"일단은요."

"그래서 그렇게 강한 건가요?"

"게다가 유나 님에게는 곰 님이 있거든요. 더 대단해요."

노아가 자랑하듯 대화에 끼었다.

"아까도 말했는데, 그 곰이란 게 뭐야?"

"유나 님의 소환수예요. 엄청 귀여워요."

"소환수…… 저기, 다음번에 저에게도 그 소환수인 곰을 보여주실 수 있나요?"

"괜찮아요."

나는 시아와 약속했다.

식사가 끝나자 방으로 안내 받았다.

피나의 희망으로 나와 피나는 같은 방을 쓰게 됐다.

🎀 57 곰 씨, 상업 길드에 가다

방으로 들어가 둘만 있게 되자 피나가 크게 한숨을 내뱉고 침대에 앉았다.

"유나 언니, 오늘은 지쳤어요."

"괜찮아?"

"괜찮아요. 하지만, 저 같은 게 귀족 분의 집에 묵어도 될까요?"

"조용하다 싶더니 그런 생각을 하고 있었던 거야?"

"이상한 말을 지껄여서 실례되는 짓을 하면 가족들에게 민폐를 끼치게 될 수도 있으니까요."

역시, 평민이 봤을 때의 귀족이란 그런 거군.

"그렇다면 호위도 끝났으니 숙소라도 찾아볼까? 그러는 편이 피나도 진정될 거 아냐."

"그러면 돈이……."

"피나를 왕도로 데려온 건 나야. 그러니 피나는 돈 걱정하지 않아도 돼."

"하지만……."

"『하지만』은 필요 없어. 아무튼 그럼 내일은 숙소를 찾아보자. 그러니까 그렇게 긴장하지 않아도 돼."

"네. 유나 언니, 고마워요."

서로가 각자의 침대로 가서 오늘의 피로를 풀기 위해 잠을 청했다.

다음 날 아침에 일어나보니 피나가 침대 위에 앉아 심심해하고 있었다.

"좋은 아침."

"안녕히 주무셨어요."

"벌써 일어나 있었던 거니?"

"네. 평소처럼 눈이 떠졌는데 할 게 아무것도 없어서—."

피나는 어머니인 티루미나 씨가 병상에 있을 때부터 아침 일찍 일어나 집안일을 했다. 집안일을 끝내면 모험가 길드에서 일을 했다. 그래서 아침 일찍 일어나는 게 습관이 되어 있었을 것이다.

"그럼 옷 갈아입고 식당으로 갈까?"

"아직 이르지 않을까요?"

"이르면 밖으로 나가서 먹으면 되지. 그리고 그대로 숙소를 찾아 나서면 되고."

"정말 숙소를 찾으실 생각이세요? 저 때문이라면 견딜 수 있어요."

"피나를 위해서가 아니야. 나도 이 집에서는 마음이 편하지 않아서 말이야."

나는 화이트 곰에서 블랙 곰으로 옷을 갈아입고 피나를 데리고 식당으로 향했다.

식당에는 아무도 없었다.

피나가 말한 대로 아침 식사를 하기엔 이른 시간이었나?

일단 외출 허가를 받기 위해 사람을 찾았다.

식당에서 복도로 나오자 어제 본 메이드가 있었다.

"어머, 유나 님, 피나 님, 일찍 일어나셨네요."

"좋은 아침이에요. 식사를 하고 싶은데 가능할까요? 무리라면 밖으로 나가려고 하는데."

"아뇨, 괜찮습니다. 잠시만 식당에서 기다려 주세요."

식당에서 기다리고 있자 엘레로라 씨가 식당으로 들어왔다.

"어머, 일찍 일어났구나."

"좋은 아침입니다."

"좋은 아침이야. 벌써 식사하려고?"

"네."

"그래, 오늘은 어떻게 할 거니?"

오늘의 예정을 물어왔기에 솔직하게 말하기로 했다.

"숙소라도 찾아보려고요."

"숙소를? 어째서? 탄신제가 끝날 때까지 여기서 묵어도 돼."

"아무래도 저희 같은 평민에게는 넓은 저택이 편치가 않아서요."

피나의 기분을 대신해서 설명했다.

"하지만, 무리일 것 같은데……. 탄신제 때문에 사람들이 몰려들어서 숙소에서는 묵지 못할 거야."

탄신제라…….

확실히 그렇게 생각하니 숙소는 무리일지도 몰랐다.

그렇다면 예정보다 조금 이르지만 곰 하우스를 설치할 장소라도 찾아볼까.

곰 하우스가 있으면 곰 이동 문도 설치할 수 있고, 묵을 숙소 걱정도 없어질 것이다.

"일단 찾아볼게요."

"우리 집에서는 언제든 묵어도 되니까 말이야."

아침 식사를 끝내고 피나와 밖으로 나왔다.

아침 식사를 하는 동안에 노아는 일어나지 않았다. 시아는 교복을 입고 학교로 향했다.

노아는 오랜만에 늦게까지 자겠지. 여행하는 동안 해가 뜸과 동시에 출발을 했으니까 말이다.

왕도 안을 산책하면서 여러 숙소를 돌았다.

크리모니아 마을에 있었을 때는 잊고 있었지만 내 곰 옷차림이 시선을 모았다.

지나가는 사람들의 시선이 나를 향했다.

그리고 반드시 「곰이다」, 「곰이야?」, 「귀여워」, 「저게 뭐야?」, 「곰이다!」라는 목소리가 들려왔다.

"피나, 미안해. 눈에 띄네."

"괜찮아요. 익숙한 걸요."

싱긋 웃으며 익숙하다고 말해도 기쁘지 않은데…….

그런 시선들을 신경 쓰면서 왕도를 탐방했다.

엘레로라 씨가 말한 대로 숙소는 모두 꽉 차 있었다.

나는 다음 계획을 실행하기 위해 상업 길드로 향했다.

어디에 있는지 몰랐기 때문에 맨 마지막에 들린 숙소에서 상업 길드의 위치를 물었다.

왕도의 상업 길드는 크리모니아 마을에 있는 것과 비교하면 규모도, 건물의 크기도 달랐다.

일단 사람의 출입이 많았다. 여러 크고 작은 마을에서 오는 건가?

다른 나라 사람도 있을 수도 있었다.

나는 모여드는 시선들을 무시하며 상업 길드 안으로 들어갔다.

우선은 접수대를 찾아야겠지.

혼잡한데……. 하지만 접수대의 수도 그만큼 많았다.

「으음, 어쩌면 좋지?」라고 생각하며 주위를 둘러보았다.

아무래도 저쪽에서 번호표를 받고 번호가 불리면 접수대로 가는 모양이었다.

번호표를 나눠주는 줄에 서서 번호표를 받았다.

물론, 줄을 서 있는 동안에도 나는 관심의 대상이 되었다.

일본으로 말할 것 같으면 파자마 복장으로 줄을 서 있는 것과 같을지도 모른다. 눈에 띌 수밖에 없었다.

받아 든 번호표는 195번. 지금 불린 번호는 178번.

아직 불리려면 시간이 걸릴 것 같은데, 접수대는 열 군데나 있으니까 그다지 안 기다리려나?

그렇게 잠시 기다리자 내 번호가 불렸다.

"어서 오십시오. 어떤 용건이신지요?"

접수대 아가씨는 순간 내 복장을 보고 미소가 무너질 뻔 했지만 바로 평상심을 찾았다.

역시 왕도의 접수대 아가씨군. 사람을 외관상으로 판단하지 않았다.

마음속으로는 어떻게 생각할지는 모르지만 말이다.

"왕도에 있는 땅이 필요한데, 살 수 있나요?"

"실례지만, 시민 카드 혹은 길드 카드를 소지하고 계신가요?"

나는 길드 카드를 건넸다.

"잠시만 기다려 주십시오."

접수대 아가씨가 길드 카드를 수정판에 올려두었다.

"유나 님이시군요."

"네."

"참고로 토지는 어떤 용도로 사용하실 건가요?"

"집을 지을 생각인데요."

"즉, 이 왕도에서 거주하시겠다는 말씀이신가요? "

"그건 미정이에요. 크리모니아 마을을 메인 거점으로 두고 있어서 이쪽을 서브 거점으로 사용할 생각이에요."

"잘 알겠습니다. 그럼 토지에 대해서 설명 드리겠습니다. 우선 성 부근의 상류 지구는 귀족 분들의 동네라 이쪽은 판매할 수 없습니다. 그 다음으로 중류 지구는 지금의 유나 님께는 판매할 수 없습니다. 그러므로 현재 구매하실 수 있는 땅은 하류지구가 되겠습니다."

"어떻게 하면 중류지구의 땅을 살 수 있죠?"

"누군가의 소개장이 있으시다면 가능합니다."

그렇다는 건 신분 증명이라는 건가? 갑자기 다른 마을에서 온 자에게 중류 지구는 팔 수 없다는 뜻이야?

하지만 초대장이라……. 문득 크리모니아 상업 길드에서 신세를 진 밀레느 씨에게 받은 초대장이 떠올랐다.

"이거, 초대장으로 될까요?"

"확인해보겠습니다."

접수대 아가씨는 밀레느 씨에게 받은 편지를 펼쳐 확인했다.

"이건…… 네, 확인되었습니다."

"어때요?"

"죄송합니다. 제 생각만으로는……. 잠시만 기다려주십시오."

접수대 아가씨가 자리를 떠나 안으로 들어가 버렸다.

"유나 언니, 집을 세우실 건가요?"

"앞으로의 일을 생각하면 그 편이 편하니까."

집을 세우게 된다면 곰 이동 문을 설치할 수 있었다.

이동이 가능한 점을 생각하면 반드시 집을 세우고 싶었다.

"이런, 유나와 피나가 아니냐."

그때 뒤에서 들려온 소리에 돌아보자 그란 할아버지와 엘레로라 씨가 있었다.

"그란 할아버지? 게다가 엘레로라 씨? 어째서 두 분이 이곳에……."

"그건 이쪽이 할 말이야. 어째서 상업 길드에 있는 거야? 숙소 찾으러 간다고 하지 않았어?"

숙소는 엘레로라 씨가 말한 대로 무리였다고 말했다.

"그래서 집을 세우기 위해 땅을 사려고 했는데 초대장이 없으면 안 된다고 하네요. 우선 크리모니아 마을에서 받은 상업 길드의 초대장을 건넸는데 심사 중인 것 같아요."

"묵을 곳을 못 찾았다고 집을 지으려고 하다니……."

"어이가 없어서 말이 안 나오는 구나."

두 사람이 어이없어 했다.

"근데, 돈은 괜찮은 거니?"

어느 정도의 금액인지는 모르지만 원래 세계에서 벌어뒀던 돈이 있었다.

"아마 괜찮긴 할 텐데, 부족하다면 포기하려고요."

돈이 부족하면 숙소들도 다 꽉 차 있기도 하니 엘레로라 씨의 저택에서 신세를 지면 됐다.

"그렇다면 내가 초대장을 써주련?"

"나도 써줄게."

"그렇게 해주신다면 감사하지만, 괜찮으세요?"

"너는 나의 목숨을 구해주지 않았느냐."

"클리프와 딸이 신세를 지고 있으니까."

그렇다면 고마운 일이었다. 귀족인 두 사람이 보증인이라면 구입 허가가 떨어질 가능성도 높아질 것이었다.

"그건 그렇고, 두 분은 여기에 어쩐 일이세요?"

"나는 일 때문에 왔어."

"나도 비슷하지."

그란 할아버지와 엘레로라 씨와 이야기를 나누고 있는데 접수대 아가씨가 돌아왔다.

"오래 기다리셨습니다. 토지 건입니다만, 중류 지구의 하류 지대 부근이라면 구매가 가능합니다."

무사히 중류 지구의 땅을 살 수 있는 것 같았다. 이거라면 두 사람의 초대장은 필요 없으려나?

"어디 쪽이죠?"

접수대 아가씨는 왕도의 지도를 펼쳐 알려주었다.

여기가 왕도로 들어오는 문이고…… 여기가 성이고……. 노아네 저택에서는 조금 떨어진 곳에 있어서 왕래하기에는 조금 귀찮겠네.

"저런, 이건 구석 쪽이지 않은가."

"정말 그러네."

관계없는 두 사람이 내 뒤에서 지도를 엿봤다.

"거기 아가씨, 종이를 빌려주게. 내가 초대장을 써주지."

"그래요. 나에게도 종이 좀 빌려줘요."

두 사람은 소개 받은 장소가 납득할 수 없었던 것인지 접수대 아가씨에게 그렇게 말을 했다.

"음, 성함이 어떻게 되시죠?"

"그란 파렌그람이네."

"엘레로라 포슈로제라고 해요."

"파렌그람 백작과 포슈로제 백작 부인이시라고요?!"

접수대 아가씨는 두 사람의 이름을 듣고 놀라 목소리를 높이더니 얼굴색이 변했다.

역시 귀족의 이름에는 영향력이 있는 건가.

"그래. 이 아이의 초대장이 필요하다면 우리가 써주지. 그러니 좀 더 좋은 땅을 준비해주게."

"아, 알겠습니다. 바로 준비하겠습니다."

접수대 아가씨는 서둘러 자리에서 일어나 안쪽 방으로 뛰어 들어갔다.

그러자 바로 연배가 있어 보이는 여성이 나왔다.

"에이, 뭐야. 파렌그람 백작이라고 해서 젊은 쪽인 줄 알았더니 영감탱이 쪽이야?"

"이 할망구가 무슨 말을 하는 거야?"

"그리고 포슈로제 댁 아가씨 아냐?"

"아가씨로 불릴 나이는 이미 아닌 것 같은데요."

"둘이서 이렇게 이상한 복장을 한 아가씨의 보증인이 되겠다고?"

또 이상한 복장이라는 말을 들었다.

"그래. 그러니 좋은 장소로 부탁해."

"밀레느도 그렇고, 왜 이렇게 이 꼬마 아가씨의 편을 드는 거야?"

"이 아이가 내 목숨을 구해줬어."

"저도 딸과 남편이 신세를 지고 있어서요."

"흥, 그렇군. 뭐, 알겠어. 당신들이 보증인이 된다면 그만한 땅을 준비하지. 그럼 꼬마 아가씨, 돈은 있겠지?"

하긴, 장소를 준비해 줘도 돈이 없다면 의미가 없겠지.

"얼마나 하는지는 모르지만 블랙 바이퍼를 토벌하고 받은 돈도 있고……."

"흥, 농담도 그 정도면 대단하네."

딱히 농담은 아니지만.

"일단, 희망하는 곳이 있나?"

"치안이 좋고, 사람들이 많이 다니지 않는 곳이면 좋겠어요. 조금 더 바란다면 모험가 길드와 가깝고, 엘레로라 씨의 집과도 가까운 곳이요."

원하는 것을 전부 말해봤다.

"제멋대로인 꼬마 아가씨로군. 뭐, 좋아. 그런 곳이라면 여기려나?"

할머니가 지도에서 한 곳을 가리켰다.

여기가 모험가 길드고, 이곳이 노아네 집이구나.

"상류 지구로군. 여기라면 주민들 정도만 다니니 통행인은 적을
거야. 경비대도 순찰을 도니 치안도 좋을 것이고."

"우리 집과도 가깝네."

"이 큰 길을 따라가면 모험가 길드와도 가깝지. 꼬마 아가씨, 나
쁘지 않지?"

다들 지도를 가리키며 설명 해주었다.

"그럼, 이제 금액이 어떻게 되느냐 인데. 부족하다면 내가 내줄
수도 있어."

"그래. 너희와 알게 된 것에 비하면 이런 금액 정도는 아깝지
않지."

제시 받은 금액을 봤다. 충분히 낼 수 있는 금액이었다.

왕도라서 비쌀 줄 알았는데 의외로 쌌다. 엘레로라 씨와 그란
할아버지 덕분인가?

"조금 비싸지 않아요? 건물은 없지?"

"무슨 말도 안 되는 말을. 왕도에서 이렇게 입지가 좋은 땅인
데, 이 가격도 싼 편이야."

"유나, 이만한 금액을 낼 수 있니?"

"낼 수 있는데, 싼 편이 좋죠."

"꼬마 아가씨, 정말 낼 수 있는 거야? 어린 아이의 푼돈으로 살 수 있는 액수와는 자릿수가 다르다고. 귀족도 간단하게 낼 수 있는 금액이 아니야."

"일시불로 내지 않아도 되잖아?"

엘레로라 씨가 한 마디 거들어 주었다.

"이 꼬마 아가씨가 귀족의 딸이나 부자 상인의 딸이라면 괜찮지. 하지만 그게 아니라면 일시불 이외는 용납 못해. 그래도 일시불로 낸다면 할인은 생각해 보지."

"그렇다면 이 땅을 살 테니까 부탁할게요."

그 순간 할머니가 웃기 시작했다.

"진심인 게냐. 돈이 있다면야 나야 문제는 없지만."

"여기서 바로 낼까요?"

꽤 큰 금액이었다. 이 책상으로는 비좁을 가능성도 있었다.

"그래, 상관없어."

그렇게 말하면 꺼낼 수밖에 없었다.

곰 박스에서 돈을 꺼냈다.

"자, 잠깐 기다려."

나는 무시하고 금화를 계속 꺼냈다.

카운터 위로 금화가 산더미처럼 쌓여갔다.

"기다리라잖니. 이렇게 비좁은 카운터 위에서 돈 꺼내지 마렴."

돈을 꺼내라 마라 아주 제멋대로인 할머니였다.

"주변 사람들이 놀라니까 도로 넣으렴. 내가 졌다. 이런 곳에서 돈 거래는 불가능해. 별실로 가지."

나는 돈을 다시 집어넣었고, 우리는 할머니에게 별실로 안내 받았다.

"조금 전 약속이다. 조금 할인해주지. 아무래도 이 이상은 무리야."

나는 다시 제시 받은 금액만큼 금화를 꺼냈다.

"그건 그렇고 너, 뭐 하는 애지? 부자 상인의 딸이거나 한 게냐? 하지만 그런 거라면 내 정보망에 들어올 터인데……. 아니면 어딘가의 귀족이 숨겨놓은 자식인가?"

"그냥 평범한 모험가인데요."

"흥, 안 알려줄 모양이구면. 뭐, 조사해보면 다 나오게 되어 있어."

그건 무리일 텐데. 아무리 알아본다 한들 내 출생 같은 걸 알 수 있을 리가 없었다.

"뭐, 이번엔 보증인과 돈만 있다면 상업 길드에서 문제될 건 없지. 자, 계약서다. 이것으로 이 땅은 네 것이야."

"고마워요."

"인사말 같은 거 필요 없다. 집을 지을 거라면 상담해주지."

"그건 괜찮아요. 방법이 있거든요."

"그렇군. 그렇다면 이걸로 끝이네."

할머니는 귀찮은 듯 우리를 방에서 쫓아냈다.

뭐, 땅을 얻어서 다른 용건은 없으니 우리는 방에서 나왔다.

무사히 땅도 구입했다. 이젠 집을 세워 곰 이동 문을 설치하면 언제든 왕도로 올 수 있게 된다.

피나도 긴장하지 않아도 되니 일석이조였다.

🎀 58 곰 씨, 왕도에 곰 하우스를 짓다

구입한 땅까지 그란 할아버지가 마차로 태워주기로 했고, 엘레로라 씨도 같이 와주기로 했다.

아직 왕도에 대해 잘 알지 못하는 나로서는 큰 도움이었다.

"저야 기쁜데 두 분 모두 일은 괜찮으신가요?"

"그래, 이미 다 끝냈으니 걱정 말려무나."

"응, 나도 괜찮아. 일을 끝내고 그란 할아버지와 만나서 이야기에 끼어든 거니까."

문제는 없는 듯하니 네 명이 다 같이 밖으로 나왔다.

그란 할아버지의 마차가 세워져 있는 곳으로 이동하자 마차 옆에 경비병이 몇 명 서 있었다.

"무슨 일이냐?"

"그란 님. 유나 님과 같이 계셨군요. 게다가 엘레로라 님까지?!"

경비병 중 한 명이 엘레로라 씨의 존재에 놀라워했다.

"어머, 란젤? 이런 곳에서 어쩐 일이야?"

"그란 님께 어제 있었던 도적 건을 보고 드리려 저택으로 찾아가던 중이었습니다. 그러다가 그란 님의 마차를 발견하여 기다리고 있었습니다."

아아, 기억났다.

저 빨간 머리를 한 사람은 도적을 넘겨줄 때 그란 할아버지와 이야기를 나눴던 경비대 사람이었다.

분명 그 곳에서 제일 지위가 높은 사람이었는데…….

"도적 건? 아, 유나가 잡은 도적 말이구나."

"그래서, 보고할 게 무엇인가?"

"그란 님께서는 그쪽에 계신 유나 님과 함께 대기소까지 가주셨으면 하는데, 괜찮으신지요?"

"나야 상관없다만……."

그란 할아버지가 내 쪽을 바라봤다. 딱히 집에 관해선 서두르고 있지 않았다. 하루 정도 늦어져도 피나의 위는 괜찮을 것이다.

"저도 괜찮아요. 피나도 괜찮아?"

"네."

"엘레로라, 미안하지만 우리는 대기소로 가야 할 것 같군."

"신경 쓰지 마세요. 저도 따라갈 거니까. 유나는 클리프의 손님이니 이곳 왕도에 있는 동안은 제가 보호자예요."

언제부터 보호자가 됐는지 모르겠지만 권력자가 따라 와주는 건 도움이 됐다.

마차에는 연배가 지긋한 마부가 있었다. 마리나 일행은 없는 것 같았다.

대기소에 도착하자 방으로 안내 받았다.

"그래서, 무슨 용건이지?"

"우선 자몬 도적단의 아지트와 인원이 판명되었습니다. 장소는 이곳에서 서쪽에 위치한 산중턱의 동굴이라고 합니다. 남은 인원은 서른 명 정도로, 붙잡혀 있는 여성도 몇 명 있는 모양입니다."

"그런 거라면 당장에라도 구하러 가야 하지 않느냐."

"네. 그런데 조금 문제가 있습니다."

"문제?"

"네. 지금 이곳 왕도는 탄신제로 사람들이 모여 있습니다. 그래서 왕도의 병사도, 기사도 모두 경비를 서고 있기에 병사 차출에 여유가 없습니다."

"그렇다면 모험가 길드에 의뢰를 하면 되지 않나."

"그러기엔 그란 님이랄까, 저기 계신 유나 님의 허가가 필요합니다."

그 말에 전원이 나를 쳐다봤다.

"저요?"

"그렇군. 도적단 보물의 사유권 말이로구먼."

그란 할아버지가 생각난 듯 말했다.

나도 알 수 있게끔 설명 부탁해요.

"네, 맞습니다. 유나 님은 이미 자몬 도적단 스물다섯 명을 잡으셨죠. 하지만 아지트를 제압하진 않았습니다. 기본적으로 도적단을 쓰러뜨려도 마물과 달리 마석 채취는 불가능하기 때문에 모

107

험가들에게는 쓰러뜨릴 가치가 없죠. 그 대신 도적단이 가지고 있던 무기, 방어구, 도구를 그대로 손에 넣을 수 있는 권리가 있습니다. 그것에는 도적들이 모은 보물들도 포함됩니다."

"즉, 다른 모험가에게 의뢰를 하면 도적단들의 보물이 의뢰를 받은 모험가들의 것이 된다는 말이에요?"

"네. 이번 건은 유나 님이 혼자서 도적단을 잡았고, 그 덕분에 정보를 얻었습니다. 그런데 저희가 멋대로 모험가 길드에 의뢰를 할 수는 없죠. 의뢰를 한다고 해도 유나 님의 허가와 유나 님에게 전달될 보수 금액을 정해야 합니다."

"귀찮네요."

"그건 어쩔 수 없지. 자기가 손에 넣은 정보를 다른 사람에게 뺏기는 것과 비슷하니까. 자네가 도적을 퇴치하러 가면 아무 문제가 없지만 말이지."

"귀찮은데……."

"유나 언니……."

피나가 아연한 얼굴로 봤다. 그런 눈으로 보지 마.

귀찮은 건 귀찮은 거다.

모처럼 왕도를 구경하러 왔는데 어째서 도적 퇴치 같은 걸 해야 하냐고.

"그렇다면 내 쪽에서 병사를 모을까?"

"엘레로라 님?"

그때 조용히 이야기를 듣고 있던 엘레로라 씨가 도움의 손을 뻗어줬다.

"괜찮으신가요?"

"괜찮아. 병사들의 실전 경험도 되고, 경비만 해서 질린 사람도 있을 테니까."

"하지만, 그렇게 하면 왕도의 경비가……."

"걱정 말래도. 그런 건 내가 서류를 조정하면 돼."

어쩐지 간단하게 말하고 있지만 그런 걸로 괜찮은 걸까?

"알겠습니다. 그렇다면 엘레로라 님, 잘 부탁드리겠습니다."

"유나도 그거로 괜찮지?"

"잘 모르겠지만 부탁드려요."

"병사가 토벌하러 가면 보물의 권리는 유나에게도 있는 거지? 뭐, 양은 적을 테지만 다른 모험가에게 전부 뺏기는 것보다는 나을 거야."

보물을 적게 받게 되는 건 기쁘지 않을지도…….

"그럼, 붙잡혀 있는 사람들이 걱정되니 바로 병사들을 준비시킬게."

엘레로라 씨는 그렇게 말하며 내 쪽을 봤다.

"그런 이유로, 나는 일하러 가야 하지만 오늘은 우리 집으로 돌아와야 해."

"네."

그렇게 약속을 하자 엘레로라 씨는 방에서 나갔다.

"그리고, 유나 님은 이것들을 받으시죠."

눈앞에 더러운 검과 갑옷들이 나열되어 있었고, 그 외에도 여러 가지 물건들이 늘어서 있었다.

"유나 님이 잡은 도적들의 소지품들입니다. 조금 전에 말씀드린 것처럼 이것들은 유나 님의 몫이 됩니다."

음, 전부 다 더러운데…….

이렇게 더러운 거 필요 없는데…….

"처분을 부탁드려도 될까요?"

그래서 그렇게 부탁을 해봤다.

"알겠습니다. 그럼 이쪽에서 처분하겠습니다."

다시 도적들의 짐들을 확인하는데 시선을 끄는 물건이 있었다.

도적이 사용했던 아이템 봉투였다. 분명, 봉투에 따라 들어가는 양이 다르다고 했었다.

이건 필요할지도 모른다.

"그 아이템 봉투는 받을 수 있을까요?"

"그럼요, 가지셔도 됩니다. 내용물을 확인했지만 전부 텅텅 비어 있었습니다. 아무래도 훔친 물건들을 넣을 계획이었나 봅니다."

"이 중에서 용량이 큰 건 어느 거죠?"

"그거라면 이거겠네요. 자몬 도적단의 우두머리가 가지고 있었으니 용량이 클 겁니다."

우두머리가 있었구나. 설마 제일 시끄러웠던 그 자였나?

나는 아이템 봉투를 받았다. 크기는 손가방 정도였다.

다른 아이템 봉투도 비슷비슷했다. 가장 작은 건 바지 주머니에 들어갈 정도의 사이즈였다.

"도적이 가지고 있던 아이템 봉투를 전부 받을 수 있을까요?"

그렇게 아이템 봉투를 전부 받았다.

나는 고마워하며 곰 박스에 담았다.

이것으로 내 용건은 끝났고, 같이 따라와 준 그란 할아버지께 감사 인사를 했다.

"그란 할아버지, 고맙습니다."

"이런 걸로 뭘. 유나가 도적단을 잡아주지 않았더라면 나는 죽었을지도 모르니까 말이다."

내 용건은 이걸로 끝이었지만 그란 할아버지에게는 이곳에서 조금 더 할 얘기가 있는 모양이었다.

기다려도 됐지만 우리는 먼저 돌아가기로 했다.

대기소를 나와 상업 길드에서 구입한 땅으로 향했다.

일단 지도를 받았으니 찾아가는 건 문제 없었지만 왕도는 넓었다.

왕도 안에서 마차가 버스처럼 달릴 정도였다.

하지만 지금의 나로서는 어떤 마차를 타면 목적지에 도착할 수 있는지 알 수 없었다.

게다가 서두를 필요도 없었기 때문에 천천히 왕도를 걸으면서 구입한 땅으로 향했다.

"피나, 괜찮아? 안 피곤해?"

"네, 괜찮아요. 그런데 사람이 정말 많네요."

"그러게. 왕도라서 그런 건지, 탄신제 때문인지 사람이 많네."

"유나 언니, 떨어지지 않게 손잡아도 될까요?"

"손을……."

곰 인형을 봤다.

"이러면 될까?"

인형 입으로 피나의 손을 물었다.

"네, 고맙습니다."

피나는 기쁘다는 듯이 웃었다.

구입한 땅에 도착했다.

"여기가 맞겠지?"

지도와 주변을 확인했다.

"네, 아마도 여기인 것 같아요."

"조금 크지 않아?"

"넓네요."

지도가 가리킨 땅은 넓었다.

크리모니아에서 곰 하우스를 세웠던 땅의 4배 이상은 될 만한 넓이— 즉, 곰 하우스가 네 채나 세워질 정도였다. 곰 하우스 네 채는 없는데······.

옆집을 보니 거리는 떨어져 있었다.

확인을 위해 양 옆집의 이름을 지도로 확인했다.

"맞네."

재차 확인했다.

"네. 유나 언니, 이렇게 넓은 땅을 산 거였어요?"

"그런 모양이야."

설마 이렇게 넓은 땅일 줄은 생각도 못했다.

일단 왕도에 세우려고 만들어 둔 곰 하우스를 꺼냈다.

여행용 곰 하우스와 달리 컸지만 구입한 땅에 세워보니 작게 느껴졌다.

땅의 넓이와 집의 크기가 맞지 않았다. 위화감이 너무 느껴졌다.

뭐, 그 이전에 외관이 곰인 시점부터 주변과 안 어울리지만······.

"작네."

"네."

분명 크게 만들었는데 주변의 저택과 비교하니 작게 느껴졌다.

다음에 더 큰 곰 하우스를 만들어야 하나?

언제까지 신경 써 봤자 어쩔 방도가 없으니 일단 곰 하우스 안으로 들어가기로 했다.

"안은 크리모니아의 집과 같네요."

"그렇지. 다르면 안정감이 들지 않으니까."

나는 곰 신발 덕분에 지치지 않았지만 계속 걸은 피나는 지쳤을 테니 휴식 겸 차가운 주스를 꺼냈다.

"이제 어떻게 하실 거예요?"

"피나는 안 지쳐?"

"조금 지쳤어요."

"그럼, 조금 쉬었다가 노아네 집으로 돌아갈까?"

"네, 하지만 느와르 님이 화내지 않으셨으면 좋겠어요."

"말도 없이 나왔으니까. 하지만 일찍 안 일어난 노아가 잘못이야."

곰 하우스에서 조금 쉰 뒤 엘레로라 씨의 집으로 돌아가기로 했다.

"유나 님! 어째서 저를 두고 나가신 거예요!"

저택으로 돌아가자 화가 난 노아가 있었다.

"어째서랄 것도 없어. 아침 식사를 하고 기다렸는데 일어나지 않는걸."

"윽……."

"언제 일어난 거야?"

"……점심 먹기 조금 전에요."

노아는 고개를 숙이며 대답했다.

"그러면서 내가 나쁘다고?"

"깨우시면 됐잖아요."

이번에는 토라진 듯 말했다.

"여행길 도중이면 깨우겠지만, 그만큼 잤다는 건 몸이 지쳐 있었다는 거잖아."

피로가 쌓이면 수면도 필요해진다.

"으~, 알겠어요. 그래서 유나 님과 피나는 어디를 다녀오신 거예요?"

"상업 길드에 땅을 사러 다녀왔어."

"땅을 사다니? 유나 님, 왕도에서 사실 거예요?!"

노아가 놀란 목소리로 물었다.

"안 살아. 앞으로 가끔씩 왕도에 올 생각이라서 그걸 위한 집이야."

"보통은 가끔씩 온다고 해서 집을 세우거나 하진 않아요."

뭐, 그건 곰 이동 문을 설치하기 때문이지.

"그럼 유나 님은 이 집에서 나가실 거예요?"

"아무래도 나는 귀족의 방이 편하지 않아서."

피나가 그렇다고는 말하지 않았다.

"서운하네요……."

"놀러 올 거고, 노아도 언제든 집으로 놀러 오면 되잖아. 위치도 가까우니까 언제든 만날 수 있어."

"집은 벌써 세우셨나요?"

보통이라면 이상한 질문이지만 곰 박스에서 곰 하우스를 꺼내는 걸 알고 있는 노아는 그렇게 물었다.

"크리모니아와 비슷한 크기의 집을 세웠어."

"······피나도 나가는 거지?"

"네. 저는 유나 언니를 따라 온 거라서요."

"유나 님도, 피나도, 곰돌이도, 곰순이도 없어지는 건 쓸쓸해요."

노아는 눈에 띄게 낙담했다.

딱히 이번 생에서 영원히 헤어지는 것이 아니었다. 더구나 같은 크리모니아 마을에 살고 있으니 언제든지 만날 수 있었다.

"아직 나간 것도 아니니까 그렇게 실망하지 마. 엘레로라 씨에게 인사도 없이 갈 수도 없는 거고."

그러니, 앞으로 하루만 더 신세지기로 했다.

저녁 식사 시간이 될 무렵 엘레로라 씨가 돌아왔다.

"어머님, 다녀오셨어요."

"나 왔어. 다 같이 뭐 하고 있었어?"

"두 분이 저를 두고 나가셨을 때 얘기를 들었어요. 상업 길드뿐만이 아니라 도적 건으로도 호출을 받으셨다니······. 저도 같이 갔으면 좋았을 텐데······."

"이야기만 들었어."

"외톨이는 싫어요."

노아에게 오늘 일을 이야기 해줬더니 주눅이 들었다.

"엘레로라 씨, 오늘은 고마웠어요."

상업 길드 일과 도적 건으로 신세를 지게 됐다.

"신경 쓰지 않아도 돼. 나는 소개장을 쓴 것뿐이니. 도적에 관한 일도 곤란해 하고 있었잖아."

그래도 고마웠다. 좋은 위치의 땅을 소개해줬고, 도적 일도 처리해줬다.

"그래, 위치는 어땠어?"

"조용하고 통행인도 적어서 좋은 곳이었어요."

예상보다 컸던 건 예외지만.

"그렇다면 다행이네."

"도적 쪽은 어떻게 됐어요?"

"바로 파병시켰으니 며칠 이내로 토벌될 거야."

다행이었다. 제대로 토벌대가 파견된 모양이었다.

식사 대접을 받고 오늘 밤은 노아를 포함해 셋이서 같은 방에서 자게 됐다.

🎀 59 곰 씨, 메이드와 화단을 만들다

저택을 떠나기 전에 노아의 소원을 들어주기로 했다.

"곰돌이, 곰순이와 놀고 싶어요."

그 소원을 들어주기 위해 저택의 정원으로 향했다.

일전에 시아와 시합을 했던 곳이었다. 담이 있어서 밖에서 보일 염려도 없었다.

시합 후에 소환수를 보여주기로 약속했었기 때문에 시아도 같이 나왔다.

오늘은 학교가 쉬는 날이라 사복을 입고 있었다. 귀여운 옷이었다.

"정말 위험하거나 그러진 않죠?"

"괜찮아요. 곰돌이와 곰순이는 엄청 귀여운 걸요."

걱정하는 언니에게 동생이 설명을 해주고 있었다.

정원에 도착한 후 나는 양손의 곰 인형을 앞으로 내밀고 곰순이와 곰돌이를 소환했다.

"곰돌아, 곰순아."

뛰어가는 노아. 놀라는 시아. 천천히 다가가는 피나.

"언니, 곰 님들은 엄청 똑똑해서 사람에게 해를 끼치거나 하지는 않아요. 괜찮으니 쓰다듬어 주세요."

노아의 말에 시아는 천천히 곰돌이에게 다가가 만졌다.

그리고 곰돌이가 얌전하다는 걸 알고 부드럽게 쓰다듬어 봤다.

"부드러워."

"맞아요. 진짜 감촉이 좋아요."

"게다가 털의 결이 고와. 이렇게 만져보는 건 처음이야."

"그렇죠, 기분 정말 좋죠. 크리모니아에서 올 때 곰돌이 위에서 낮잠도 잤어요."

노아는 곰돌이의 등 위로 올라탔다.

"언니도 올라와보세요. 기분 좋아요."

시아는 불안해했지만 노아가 내민 손을 잡고 곰돌이의 등 위로 올라탔다.

"진짜 얌전하네."

곰순이 위로는 피나가 올라탔다.

시아도 안전하단 걸 알고 곰돌이와 곰순이에게 장난치기 시작했다.

괜찮아 보이는군.

정원에서 아이들이 곰돌이, 곰순이와 놀고 있는데 작은 삽을 든 메이드가 다가왔다.

이름은 스릴리나 씨.

시아와의 시합 때, 그리고 식사를 할 때 신세를 졌던 메이드였다.

"노아 님! 시아 님!"

스릴리나 씨는 당황해하며 가지고 있던 소형 삽을 검처럼 쥐었다.

"어째서 곰이······!"

"저 곰은 제 소환수니까 위험하지 않아요."

당장에라도 공격하려는 듯이 자세를 취한 스릴리나 씨를 만류했다.

"유나 님의 소환수요?"

"네. 그러니 그 삽은 내려주시겠어요?"

"스릴리나, 괜찮아."

노아가 메이드인 스릴리나 씨를 보며 곰돌이와 곰순이의 안전을 증명하듯 끌어안았다.

스릴리나 씨는 조금 고민하다가 노아와 아이들의 모습을 보고 삽을 내려주었다.

"그건 그렇고 유나 님의 소환수라고요? 복장도 그렇고 유나 님은 여러 가지로 놀라게 하시네요."

스릴리나 씨는 웃었다.

"모두들 뭘 하고 계신 건가요?"

"곰 님하고 놀고 있어요."

"두 사람과의 약속이었어요. 걱정 끼쳐서 미안해요."

"아뇨. 조금 놀랐지만 위험하지 않다는 걸 알았으니 괜찮아요."

스릴리나 씨는 곰들과 놀고 있는 아이들을 보고 안심했다.

"유나 님, 저택을 한 바퀴 돌아도 될까요?"

"괜찮은데, 너무 눈에 띄는 행동은 하지 말아줘."

"네. 그럼 피나, 승부다!"

노아가 곰순이에 올라탄 피나를 손가락으로 가리켰다.

"다시 말하지만, 눈에 띄는 행동은 하지 마. 곰돌이, 곰순이, 달리면 안 돼."

"유나 님……."

나의 『달리기 금지 명령』으로 노아는 슬픈 표정을 지었다.

"안 되는 건 안 되는 거야."

"알았어요."

노아는 마지못해 수긍한 후 곰돌이를 천천히 걷게 했다.

"스릴리나 씨는 삽으로 뭘 하시려고요?"

설마 곰돌이, 곰순이와 싸우러 온 건 아니겠지?

"저는 부인께 화단 만드는 걸 허락 받아서 화단을 만들러 왔어요."

"혼자서요?"

"네, 화단을 만드는 건 제가 결정한 일이니까요. 시간을 들여서 천천히 만들 생각이에요."

그렇게 말하지만 힘든 작업이라는 건 변함없었다.

화단을 어느 정도의 크기로 만들 생각인지는 모르겠지만 혼자서 만들기는 힘들다는 건 알 수 있었다.

"저도 도울까요?"

"괜찮으세요?"

"네, 오늘은 나갈 계획도 없을뿐더러 저런 상황이니까요."

나는 걸어가는 곰돌이 위에 올라탄 노아와 아이들의 뒷모습을 봤다. 뒷모습으로도 즐거워하고 있는 것을 알 수 있었다.

그 모습을 스릴리나 씨와 흐뭇하게 끝까지 지켜봤다.

"귀여운 곰이네요."

곰돌이와 곰순이의 작은 꼬리가 좌우로 흔들리고 있었다.

나는 스릴리나 씨와 함께 화단을 만들기 시작했다.

"화단의 크기는 어느 정도로 할 거예요?"

"여기서부터 저기까지 만들 예정이에요."

의외로 넓었다. 이 넓이를 혼자서 하려고 했다는 건가. 하루 만에 만들 생각은 아니었을 거라 생각하지만 꽤 힘든 작업이었다.

"그럼 지시를 내려주세요. 마법으로 만들 테니까."

"유나 님은 땅 마법을 사용하실 수 있나요?"

"스릴리나 씨는요?"

"아주 조금이요. 모험가 분들처럼 싸우거나 할 수는 없지만 말이에요."

스릴리나 씨가 지면을 향해 손을 뻗자 지면이 가볍게 솟아올랐다.

나와 스릴리나 씨의 화단 만들기가 시작됐다.

블록으로 화단 가장자리를 만들거나 물이 잘 빠지게 만들고 화단용 흙을 준비하는 등, 화단을 만들어 갔다.

마법은 정말 편리하다. 원래 세계에서는 못했던 일들이 가능해서 즐거웠다. 이 세계로 와서 잃은 것들도 많지만 얻은 것들도 많았다.

화단은 순조롭게 완성에 가까워져 갔다.

중간에 노아나 다른 아이들의 방해도 있었지만 차츰 아이들도 도와주었다.

"유나 님, 그쪽을 부탁드려도 될까요?"

스릴리나 씨의 성격인 건지, 내가 스릴리나 씨의 지시를 완벽하게 해내고 있는 탓에서인지, 스릴리나 씨는 의외로 세세한 지시를 내렸다.

뭐, 나도 순순히 지시에 따랐기에 꽤 완성도가 높은 화단이 만들어졌다.

"유나 님, 고맙습니다. 설마 하루 만에 끝날 거라곤 생각 못했어요."

"심을 씨앗은 있나요?"

"네, 부인께서 좋아하시는 꽃의 씨앗을 준비했답니다."

"예쁜 꽃이 피면 좋겠네요."

"네, 열심히 키워볼게요."

정원을 둘러보자 곰 두 마리와 여자아이 셋이 기분 좋은 듯 자고 있었다.

놀기도 하고 화단 만들기도 도와줬으니 지쳤을 것이다.

세 명 모두 얼굴에 흙을 묻힌 채였다. 손수건을 꺼내 아이들의 얼굴을 닦아주었다.

"후후. 저런, 목욕을 하셔야겠네요."

스릴리나 씨가 지저분해진 세 명을 보면서 말했지만, 스릴리나 씨도 작업으로 지저분했다.

나는 곰 장비 덕분에 더럽혀지진 않았지만 세 명은 목욕을 해야겠지.

아이들을 깨우려 하는데 엘레로라 씨가 정원으로 나왔다.

"모두들 정원에서 뭐 하고 있어?"

"부인, 어서 오십시오."

"어머, 모두 기분 좋게 자고 있네."

엘레로라 씨가 곰돌이와 곰순이에게 꼭 붙어있는 세 명을 흐뭇하게 바라봤다.

"저 곰들이 유나의 소환수니?"

"검은 게 곰돌이고, 하얀 게 곰순이에요."

"귀여운 이름이네. 만져도 될까?"

"위협만 가하지 않으면 괜찮아요."

엘레로라 씨는 곰돌이에게 다가가 만졌다.

"따듯하고 감촉이 좋네. 이러니 왜 잠드는지 알겠는걸."

그리고 아이들을 보며 미소 지었다.

"두 사람은 뭘 하고 있었어?"

"화단을 만들었습니다."

스릴리나 씨는 방금 만든 화단을 보여줬다.

"아아, 전에 말했던 화단 말이구나. 이걸 하루 만에 만들었다고? 예쁘네."

"네, 유나 님의 마법 솜씨가 대단하셔서 제가 생각했던 대로 만들어주셨어요."

"그래? 유나, 고마워. 여러 가지로 민폐만 끼치네."

엘레로라 씨는 예쁘게 만들어진 화단과 곰들에게 둘러싸여 자고 있는 아이들을 보며 그렇게 말했다.

"이건 뭔가 보답을 해야지 안 되겠어."

"안 그러셔도 돼요. 저도 즐기면서 만들었는걸요."

"그렇다면, 감사의 의미로 오늘 저녁은 호화롭게 먹자. 스릴리나, 요리장에게 전해줘."

엘레로라 씨는 스릴리나 씨에게 그렇게 부탁한 뒤, 자고 있는 아이들을 바라봤다.

"그럼 슬슬 애들을 깨워볼까?"

그리고 곰들에게 꼭 붙어 자고 있는 아이들을 흔들었다.

"어머님?"

노아가 졸린 얼굴로 자신의 엄마를 쳐다봤다.

"잘 잤니? 세 명 모두 잘 잔 것 같네."

모두를 깨우고 곰돌이와 곰순이를 송환하자 아이들은 서운한 표정을 지었다.

어째서 피나까지……?

우리들은 식사 전에 목욕해서 깨끗하게 옷을 갈아입은 뒤에 밥을 먹었다.

🎀 60 곰 씨, 감자를 손에 넣다

곰 하우스에서 눈을 떴다.

어제 엘레로라 씨의 집에서 저녁을 먹은 뒤 곰 하우스로 돌아왔다.

"유나 언니, 괜찮아요?"

"그럼."

피나는 어제 저녁 식사를 할 때 노아와 외출을 하기로 약속했다.

미사도 부르기로 했다 하니 셋이서 왕도 구경을 할 모양이었다.

"자, 용돈이야. 셋이서 여러 군데 다닐 거잖아. 조금 넉넉히 줄 테니까 마음껏 써도 좋아. 물론 나중에 갚지 않아도 돼."

나는 피나에게 돈을 건네주었다.

"하지만……."

피나는 돈을 받으려고 하지 않았다.

"피나를 왕도로 데려온 건 나니까 신경 쓰지 않아도 돼. 돈이 없다고 둘에게 폐를 끼치고 싶진 않을 거 아냐."

"……네, 알겠어요. 하지만 일해서 확실하게 갚을 거예요."

피나는 그렇게 말하며 겨우 돈을 받아주었다.

"그렇게 신경 쓰지 않아도 돼. 피나는 충분히 해체 작업을 열심히 해주고 있으니까. 보너스야."

"보너스요?"

내 말이 이해되지 않는지 피나가 고개를 갸웃거렸다.

"항상 열심히 해줘서 특별히 주는 월급 같은 거야. 그러니 마음 쓰지 않아도 돼."

"유나 언니, 고마워요."

피나는 주머니로 된 아이템 봉투에 돈을 넣고 집을 나섰다.

그럼, 피나도 나갔으니 나도 왕도 구경을 하기로 했다.

왕도를 돌아다니자 역시 시선이 모아졌다.

「곰?」, 「곰이야?」, 「엄마, 저게 뭐야?」, 「귀여워」, 「어디서 행사하나?」 등의 목소리가 들려왔다.

신기한 물건을 보는 것마냥 시선이 꽂혔다. 창피하지만 만일의 경우를 생각해서 참을 수밖에 없었다.

나를 이세계로 데려온 신님도 너무했다. 적어도 밖에서 돌아다녀도 위화감 없는 옷에 능력을 불어넣어주길 바랐다.

내가 게임에서 착용했던 멋있는 복장이라던가 여러 가지 있었을 것이다.

어째서 곰 장비인지……. 내가 남자였다면 완전히 아웃이었어.

나는 신님에게 불만을 쏟아내며 왕도 안을 거닐었다.

적당히 걷자 광장으로 보이는 곳에 도착했다.

여기는 행상인들의 노점이 늘어서 있는 건가?

조그마한 광장에 천이 깔려있고, 그 위에 여러 가지 상품이 놓여 있었다.

이거, 진기한 게 있을지도 모르겠는데?

내가 가게를 기웃거릴 때마다 가게 사람들이 놀랐지만 악의적인 시선은 없었다.

"이건……."

그렇게 한창 가게를 돌아다니다가 한군데에서 멈췄다.

"응? 귀여운 복장을 한 아가씨, 어서 와요."

서른이 조금 넘어 보이는 남자가 힘없이 말했다.

가게에는 채소가 나열돼 있었다. 그 안에 팔고 남은 것으로 보이는 게 하나 있었다.

"설마, 감자?"

그렇다. 크리모니아에서도 본 적 없었던 감자를 팔고 있었다.

어쩌다 없었던 건지, 아니면 아예 팔지 않았던 것뿐인지 알 수는 없었지만 어쨌든 찾을 수 없었다.

"맞아. 아가씨, 사겠어?"

드디어 만나게 된 감자.

나는 말했다.

"전부 주세요."

"뭐? 곰 아가씨, 아무리 감자가 인기 없다지만 곰 아가씨가 가지고 있는 돈으로는 전부 살 수 없을 거야."

남자가 조금 화를 냈다.

"얼마예요?"

"그래. 이 정도란다. 돈을 낼 수 있다면 전부 팔지."

남자는 무뚝뚝하게 금액을 제시했다. 나는 지불할 수 없다고 생각하는 거겠지.

하지만 내 대답은—.

"살게요!"

"뭐……?"

나는 제시 받은 돈보다도 조금 넉넉하게 남자에게 건넸다.

"진심인가?"

내어진 돈을 보며 남자는 놀란 듯 나를 봤다.

"사주는 건 고맙지만 정말 괜찮겠어?"

"살게요."

쪄 먹어도 되고, 샐러드로 만들어도 좋지. 간식으로 포테이토칩이나 감자튀김을 만들어도 되고, 감자로는 여러 가지 먹을 방법이 있었다. 일단은 소금을 뿌린 포테이토칩이 먹고 싶다.

"먹을 거라면 조심해서 먹어. 잘못하면 토하거나 배가 아플 수도 있거든."

"아아, 독이요?"

감자 싹에는 독이 있다.

"감자는 맛있지만 그게 있어서 사는 사람이 적어."

"감자 싹이나 파랗게 변한 부분에는 독이 있으니까요. 그것만 조심하면 괜찮아요."

"……진짜? 지금 말한 거 말이야."

"진짜인데요?"

원래 세계에서는 상식이었다.

"분명 싹이 난 시기에 복통을 일으켰다는 이야기를 듣긴 하지. 하지만 곰 아가씨는 어떻게 그런 걸 알고 있지?"

"제가 태어나고 자란 곳에서는 당연히 알고 있는 걸요."

"그런 곳이 있었군. 여기에서는 아무도 모르니 잘 팔리지가 않아."

그래서 크리모니아에서는 팔지 않았던 건가?

"그럼 아저씨네 동네가 어딘지 알려주시겠어요? 다음번에 사러 갈게요."

"그건 고맙지만, 멀단다."

남자는 종이를 꺼내 지도를 그려줬다.

여기가 왕도고, 여기는 설마 크리모니아?

"크리모니아 마을에서 가까운 것 같네요."

"곰 아가씨, 크리모니아를 아는 거야?"

"네, 크리모니아에서 살고 있거든요."

"그렇군. 곰 아가씨가 정말로 사준다면 크리모니아 마을까지 운반해주지."

"괜찮나요?"

그건 고마운 일이었다. 고아원 아이들에게 대접해주고 싶었다.

"그래, 왕도에서도 별로 팔리지 않으니까 말이야. 만약 사준다면 크리모니아 마을 쪽이 더 가까우니까 나도 고맙지."

"네, 살게요. 그럼 다음에 크리모니아 마을에 오시면 고아원으로 옮겨주실래요? 얘기해둘게요."

"고아원?"

"거기에 아는 사람이 있어서요. 그리고 여기, 돈을 먼저 조금 낼게요."

나는 조금 전 지불한 금액만큼 건넸다.

"괜찮겠어? 만약 내가 마을로 안 가면……."

"그럼 떼인 돈 받으러 마을에 찾아갈 거예요."

"농담이야. 확실하게 가지고 가마. 나는 자몰이란다."

"저는 유나예요."

"그래, 이 감자는 어쩔 셈이지? 다른 곳으로 옮길 거라면 도와주마."

"괜찮아요. 담을 거니까."

나는 산더미처럼 쌓여있는 감자들을 곰 박스에 담았다.

이제 포테이토칩을 만들 수 있게 됐다.

감자튀김도 좋고, 기대된다.

"엄청난 곰 아가씨로군."

남자는 내가 감자를 담아가는 모습을 이상하다는 듯이 쳐다보고 있었다.

노점에 내놨던 감자들이 전부 곰 박스로 들어갔다.

"이 외에도 더 있으면 살 텐데⋯⋯."

"감자는 그게 전부야. 그것 말고도 다른 채소를 팔고는 있지만, 어떻게 할래?"

그 외에 팔고 있는 다른 채소들을 봤지만 다른 곳에서도 팔고 있는 것들뿐이었다. 무리해서 살 필요는 없었다.

"나는 언제 크리모니아 마을로 가면 되지?"

"탄신제가 끝날 때까지 왕도에 있을 생각인데, 끝나고 돌아간다 하더라도 3주는 걸릴 것 같으니 한 달 후 정도가 좋겠네요."

"알겠다. 반드시 가지."

그렇게 남자와 헤어지고 노점을 둘러봤다.

맛있어 보이는 꼬치구이를 사먹고, 신기한 음식이 있으면 사먹고, 사고 싶은 식재료가 있으면 샀다. 처음 보는 식재료는 시험 삼아 하나씩 사서 맛있으면 대량으로 사들일 셈이었다.

전부 돌아보진 않았지만 역시나 간장, 된장, 쌀은 없었다.

초밥을 간장에 찍어 먹고 싶었다. 문어라던가 오징어라도 괜찮았다. 구워먹고 싶었다.

하지만 오늘은 감자를 손에 넣었으니 이걸로 만족하기로 했다.

돌아가서 포테이토칩과 감자튀김이라도 만들까?

조금 이르지만 돌아가기로 했다.

곰 하우스로 돌아왔지만 피나는 아직 돌아오지 않았다.

그렇다면, 혼자 만들어 먹을까?

부엌으로 가서 감자를 꺼내 얇게 썰어서 기름에 튀겼다.

감자가 탁탁, 맛있는 소리를 내며 바삭하게 튀겨졌다.

다 튀긴 감자를 그릇에 올려 소금을 뿌렸다.

항상 그리웠던 소금 맛 포테이토칩이 완성됐다.

다른 맛을 내지 못하는 게 아쉬웠지만…… 나는 포테이토칩 한

조각을 입에 넣었다.

"맛있어."

아…… 그리웠던 포테이토칩의 맛.

목이 말라 마실 것도 준비했다.

그렇게 와삭와삭 먹고 있는데 피나가 돌아왔다.

"다녀왔습니다."

"어서 와."

피나는 조금 지쳐 보였다.

"재밌었니?"

와삭와삭.

"네, 재밌었어요."

그런데 어째서 그렇게 피곤해 보이는 거지?

여러 곳을 다녀서 피곤한 건가?

"유나 언니, 이건 돌려드릴게요."

피나가 돈이 든 아이템 봉투를 꺼냈다.

"아직 필요할지 모르니까 가지고 있어도 돼."

와삭와삭.

이야기를 들어보니 돈은 전부 노아가 내줘서 쓰지 않은 것 같
았다.

다음에 노아에게 보답을 해야겠군.

"근데 유나 언니는 아까부터 뭘 드시고 계신 거예요?"

와삭와삭.

"포테이토칩이야."

아까부터 손이 멈추질 않았다.

"포테이토칩이요?"

피나는 고개를 갸웃거렸다.

"먹어볼래?"

"네, 잘 먹겠습니다."

피나 앞에 그릇을 내놓았다.

와삭와삭…….

"맛있네요."

"입에 맞다니 다행이네."

피나는 하나 더 먹었다.

"마음껏 먹어도 돼. 아직 많이 있으니까."

"고맙습니다. 이런 게 팔고 있었나요?"

피나가 맛있는지 먹으면서 물어왔다.

"감자를 팔길래 내가 만들었어."

내 말에 피나가 조금 놀란 표정을 지으며 그릇에서 손을 뗐다.

"피나, 감자를 알고 있어?"

"자세한 건 모르지만 먹을 때 조심하라고 예전에 들은 적이 있어요."

그렇군. 주의를 받은 적은 있나 보군.

"감자 싹이나 색이 푸르스름한 부분을 먹지 않도록 조심하면 돼."

"그런가요?"

"싹이나 푸르스름한 부분을 먹으면 배가 아프게 될지도 모르니까 말이야. 잘못하면 더 위험한 상황에 놓일 수도 있으니 조심해야 돼."

내가 설명을 해주자 피가나 존경의 눈빛으로 바라봤다.

"그러니까 안심하고 먹어도 돼."

와삭와삭.

파삭파삭.

아～ 맛있어.

콘소메 맛도 먹고 싶다.

재현하는 건 역시 무리겠지만.

138

내가 먹는 모습에 피나도 포테이토칩 쪽으로 다시 손을 뻗어 먹기 시작했다.

"쉽게 만들 수 있으니까 군것질거리로 딱이야."

나는 포테이토칩 만드는 법을 알려주었다.

와삭와삭.

파삭파삭.

둘이서 먹으니 그릇에 담겨있던 포테이토칩이 점점 줄어들었다.

저녁 식사로는 감자튀김을 만들어줬더니 이것 또한 피나에게 호평을 받았다.

🎀 61 곰 씨, 왕도의 모험가 길드에 가다

오늘은 노아의 호위 의뢰 보고를 하기 위해 모험가 길드로 갈 예정이다.

왕도에 있는 모험가 길드를 보고 싶었기 때문도 있었다.

그래서 오늘도 피나에게 노아와 함께 놀라고 했다.

내 복장과 어린 피나를 보고 다른 모험가가 성가시게 할 가능성이 있기 때문이다.

피나에게 무슨 일이 생긴다면 티루미나 씨에게 미안할 것이다.

그런 이유로 신기하게 쳐다보는 시선을 한 몸에 받으며 모험가 길드로 향했다.

모험가 길드는 상업 길드에서 들은 대로 곰 하우스 근처에 있는 큰 길을 따라 쭉 가면 있었다.

왕도의 모험가 길드 건물은 크리모니아 보다 컸다.

길드가 크면 모험가들의 수도 늘어난다.

그렇다는 건 성가신 일이 생길 가능성도 높아지겠지. 피나를 두고 온 게 정답이었다.

방금만 해도 무서운 얼굴을 한 모험가가 길드 안으로 들어갔다.

지금부터 나도 그 안으로 들어가야 한다. 맹수의 우리 안으로 들어가는 새끼 고양이가 된 기분이었다.

「너도 맹수인 곰이잖아」라는 태클은 사절이다.

곰 모자를 깊게 눌러 쓰고 시선이 마주치지 않도록 한 후 모험가 길드 안으로 들어갔다.

들어가자마자 시선이 내게 일제히 집중되는 느낌이 덮쳐왔다.

곰 옷차림, 키 작은 여자아이, 게다가 혼자, 눈에 띌 요소가 많았다.

수군거리는 말소리가 들리기 시작했다.

"어쩐지 귀여운 곰 씨가 들어왔는데?"

"진짜 곰이네."

"곰이야."

"귀여운 복장인데?"

"곰이 습격해왔다! 누가 잡아봐. 크하하하!"

"어이, 농담이라도 그런 말 하면 안 되지. 여자아이가 무서워하잖아."

"그럼 내가 토벌해 볼까나."

"네가 다가가면 곰이 도망칠 게 뻔해."

쿵.

그때, 구석에서 의자가 넘어지는 소리가 들렸다.

"블러디 베어……."

구석에 있던 남자가 중얼거렸다.

"그 곰은 건들지 않는 게 좋을 거야."

"뭐야, 너 떨고 있잖아?"

"저 녀석은 건들지 않는 게 좋아."

남자는 그 말만 남기고 입을 다물어버렸다.

"뭐야? 저 녀석."

"그보다 누가 말 좀 걸어 봐."

"그럼 내가 충고를 좀 해줄까?"

2미터 정도 되는 거구가 웃으면서 다가왔다.

"어이, 곰 아가씨. 그런 귀여운 복장으로 무슨 용건이지? 여긴 곰 아가씨 같은 꼬맹이가 올 만한 곳이 아니란다."

"의뢰 달성 보고를 하러 왔는데요."

"의뢰 보고라니? 꼬마 아가씨, 모험가야?"

"그런데요."

주변에서 웃음소리가 들려왔다.

"어이, 이봐. 언제부터 여기가 이런 꼬맹이까지 모험가가 될 수 있게 됐지?"

어김없는 대화가 흘러나왔다.

어디나 있는 무리들이라 무시했다.

남자 옆을 지나치려 하자 남자의 손이 곰 후드로 뻗어왔다.

내 곰 인형으로 그 손을 잡아 길드 밖으로 내던져 버렸다.

모험가들은 무슨 일이 일어난 건지 이해가 안 돼서 나와 밖으로 내던져진 남자를 얼빠진 얼굴로 바라봤다.

"무슨 일이 일어난 거지?"

"지금 한 손으로 던지지 않았어?"

"기분 탓이겠지."

주변이 소란스러운 동안 길드 밖으로 내던져졌던 남자가 돌아왔다.

"너, 무슨 짓이냐."

남자는 머리를 문지르며 내게 다가왔다. 나를 향해 손을 뻗어 붙잡으려 했기 때문에 한 번 더 팔을 잡아 밖으로 던졌다.

이거 정당방위겠지?

내 행동에 길드 안은 조용해졌다.

"너, 무슨 짓을 한 거야?"

"공격해 오길래 던졌을 뿐인데요."

남자 셋이 나를 에워쌌다.

"방해되는데요."

"동료에게 그런 짓을 하고도 그냥 끝날 줄 알았나. 곰 아가씨."

"갑자기 공격해온 건 그쪽이잖아요."

갑자기 붙잡으려고 했잖아. 내 잘못이 아니었다.

"까불지 마!"

남자들이 공격해 와서 조금 전 남자처럼 팔을 붙잡아 쓰레기를 던지듯 길드 밖으로 던져버렸다.

이걸 세 번 정도 반복하자 길드 안은 이번에야 말로 숙연해졌다.

내가 길드 밖으로 나가자 내던져진 남자들이 일어나려고 했다.

"이 자식……."

이상했다. 모험가 길드에 온 것뿐인데 왜 이런 일이 생기는 걸까?

피나를 데려오지 않아서 정말 다행이었다.

남자들은 일어나서 나를 쏘아봤다. 무기를 꺼내지 않았으니 그나마 다행인가.

남자들이 거리를 좁혀 오자 나는 마법을 썼다.

하늘을 향해 바람 마법을 발동했다. 간헐천 같은 바람이 솟구치며 남자들을 들어 올렸다. 남자들은 한순간에 하늘로 날아올랐다.

의외로 떠오르네.

지상에서 봤을 땐 쌀알 정도의 크기로 보였다.

그 쌀알이 소리와 함께 점점 커졌다.

"으아아아아아악!"

"도와줘~~~!"

"죽겠어~~~!"

"……."

남자들이 지면으로 떨어지기 직전에 바람 쿠션을 만들었다.

남자들은 바람 쿠션으로 떨어진 다음 순간 다시 하늘로 떠올랐다.

몇 번을 반복하고 비명 소리가 들리지 않게 됐을 때쯤 지면으로 내려주었다.

"이제 시비 걸지 마요."

나는 남자들에게 경고했지만 남자들은 듣고 있지 않았다. 지면에 쓰러진 채 움직이지 않는 것이 기절한 모양이었다.

이것으로 나에게 시비를 걸어오는 사람은 없어지겠지.

그대로 남자들을 방치하고 다시 길드 안으로 돌아가려고 하는데, 입구에서 모험가들이 나를 쳐다보고 있었다.

그런 모험가들 속에 있던 한 여성이 내 쪽을 향해 걸어왔다.

"이런, 소란스럽다 했더니 귀여운 곰 아가씨가 있었네."

여성이 미소를 지으며 나와 쓰러져있는 모험가들을 봤다.

엘프?

연한 녹색의 긴 머리카락과 그 사이에서 긴 귀가 보였다.

피부가 새하얀 미인이었다.

"엄청난 마법을 사용하는구나."

"정당방위에요. 저쪽이 먼저 공격해서 몸을 지키려 했을 뿐이죠. 저기에서 보고 있는 모험가들이 증언해줄 거예요."

"그래?"

엘프 여성은 뒤로 돌아 제일 앞에 있는 모험가들을 봤다.

모험가들은 애매하지만 고개를 끄덕여주었다. 나를 나쁘게 말하는 자는 없었다.

"하지만 조금 너무 했네."

146

그건 나도 동의한다. 하지만 이런 사람들은 말이 안 통하니 어쩔 수 없었다.

"뭐, 좋은 약이 되었겠지. 너희도 시비를 걸거나 트러블을 일으키지 않도록 하렴."

그녀는 이쪽을 보고 있는 모험가들을 향해 충고했다.

이 사람, 뭐 하는 사람이지? 모험가라고 생각했는데 주변 모험가들의 반응이나 여성의 발언을 보면 평범한 모험가는 아닌 것 같았다.

여성은 나를 관찰하듯 살펴봤다.

"과연. 네가 소문의 곰이구나."

나를 알고 있어?

"으음, 당신은……?"

"나는 이 왕도의 모험가 길드에서 길드 마스터를 맡고 있는 사냐야."

그 말에 주변 반응을 납득했다.

"네 얘기는 그란에게서 익히 들었어. 도적단을 혼자서 토벌한 곰 옷차림을 한 여자아이라고. 그란이 과장해서 말하는 거라고 생각했는데, 정말이었던 모양이네."

사냐 씨가 기절한 모험가들을 봤다.

모험가 몇몇이 간호를 하고 있었다.

의식을 되찾은 모험가도 있었지만 다시 내게 싸움을 걸어오는 짓 같은 건 하지 않았다.

길드 마스터인 사냐 씨도 있으니 하고 싶어도 못하겠지.

뭐, 공격해오면 다시 하늘 산책을 시켜주겠지만.

그런데, 그란 할아버지에게 이야기를 들었다니 무슨 말이지?

"우선 안으로 들어갈까?"

사냐 씨와 함께 건물을 향해 걸음을 옮기자 입구에 있던 모험가들이 사냐 씨를 위해 길을 내주었다.

길드 마스터라고 인정받고 있구나.

"그러니까 저 곰은 건들지 말라고 했잖아."

구석 자리에 앉아있던 모험가가 중얼거렸다.

"너는 저 곰에 대해 알고 있었던 거야?"

"그래, 무서움도, 힘도 알고 있지. 그래서 그만 두라고 했던 거였어."

그런 말이 들려왔다.

설마 크리모니아 마을에 있던 모험가인가?

게다가 저렇게 무서워하다니, 때려눕혔던 모험가들 중 한 명일지도 모른다.

"그래서, 오늘은 어쩐 일이지?"

"의뢰 보고를 하러 왔어요."

나는 노아의 호위 건을 보고했다.

사냐 씨는 나를 접수대 중 한 곳으로 데려가더니 내 맞은편 접

148

수대 창구에 앉았다.

"그럼 길드 카드와 의뢰 달성 문서를 주겠니?"

아무래도 길드 마스터 본인이 대응해주려는 모양이었다.

나는 길드 카드와 엘레로라 씨의 사인이 들어간 의뢰 달성 문서를 건넸다.

"포슈로제 가의 호위 의뢰구나. 자, 이게 의뢰비야. 그리고 이게 그란의 호위 의뢰비용이고."

"그란 할아버지요?"

"일전에 그란이 왔었어. 네가 오면 의뢰비용과 의뢰 달성 수속을 해달라고 부탁했어."

그래서 조금 전에 그란 할아버지의 이름이 나왔던 거구나. 그란 할아버지는 이곳까지의 호위를 확실하게 의뢰로 여겨주었던 거였어.

나는 마음속으로 고마워하며 돈을 받았다.

"파렌그람 가의 호위도 포슈로제 가와 같이 랭크 D의 의뢰로 취급해서 처리해줄게."

길드 카드에 랭크 D 성공 횟수가 두 개 늘었다.

이 숫자가 늘어나면 모르는 사람의 호위를 맡을 때 좋은 인상을 준다고 했다.

이것에 관한 데이터는 카드에 등록되기 때문에 수정판이 없으면 볼 수 없었다.

"한 가지 더, 크리모니아 마을의 길드 마스터에게서 편지를 받아왔는데요."

내 트러블을 막기 위해 받은 편지였다.

하지만 결국 편지를 건네기 전에 트러블을 일으켜버려서 의미가 없었지만⋯⋯. 앞으로 시비에 걸리지 않을 거라고는 단정 지을 수 없으니까.

"라로크한테 말이지?"

길드 마스터의 이름이 라로크였구나. 지금 알았다.

알았다고 해도 앞으로도 부를 일은 없을 것 같지만.

길드 마스터로 통하니 이제 와서 이름으로 불러도 이상할 것이다.

사냐 씨는 편지를 읽었다.

"여러 가지로 때를 놓쳤네."

나도 그렇게 생각합니다.

"그래도 알겠어. 우리 쪽에서도 매번 트러블을 일으키는 건 곤란하니까 길드 직원에게 전달해둘게. 하지만 네 쪽에서도 조심해야 해."

그렇게 말을 해도 상대 쪽에서 시비를 걸어오니까 어쩔 수 없었다.

나는 잘못 없다고 말하고 싶었지만 곰 인형 옷이 시비 원인 중 하나라 불만도 말할 수 없었다.

"그건 그렇고 말도 안 되는 토벌 기록이야. 타이거 울프로도 믿기지가 않는데 블랙 바이퍼 단독 토벌이라니."

사냐 씨는 수정판에 나와 있는 내 길드 카드의 데이터를 읽고 있었다.

항상 생각하지만, 저 수정판과 길드 카드는 어떤 시스템으로 되어 있는 걸까?

역시 판타지 세계다.

"그런데도 랭크 D라니 믿기지 않아."

사냐 씨는 길드 카드를 돌려주었다.

의뢰 보고도 끝났고, 크리모니아의 길드 마스터의 편지도 건넸으니 이것으로 용건은 끝이 났다.

가볍게 어떤 의뢰가 있는지 보고 왕도 구경을 계속 해볼까?

"의뢰는 안 받아?"

"아직 왕도에 온지 얼마 안 돼서 다음으로 미룰게요."

딱히 돈이 궁하지 않았다. 의뢰를 받는 건 시간을 때우거나 재미있는 의뢰가 있을 때였다. 지금은 왕도 구경 쪽이 우선순위가 높았다.

"저런, 아쉽네."

"왕도를 구경하고 싶은데 신기한 거 파는 곳은 어디에 있죠?"

"신기한 거?"

"식재료든 도구든, 뭐든 좋은데요."

"그런 건 상업 길드가 잘 아는데. 그래도 지금이라면 서쪽 지구려나? 여러 가게가 줄 서 있으니까."

"서쪽 지구 말이죠? 다음에 가볼게요."

나는 감사 인사를 하고 모험가 길드를 나왔다.

모험가들도 이번에는 아무 말 없이 나를 보내주었다.

🎀 62 곰 씨, 치즈를 손에 넣다

길드를 나와 노점이 있는 광장으로 향했다.

일단 배를 채우기 위해 먹으면서 걸어 다녔다.

노점의 수가 많았기 때문에 천천히 보고 있는데 며칠만으로는 구경이 끝날 것 같지 않았다.

그렇게 한동안 노점을 구경하고 있는데 익숙한 뒷모습을 발견했다.

깜짝 놀래켜 주기 위해 천천히 뒤에서 다가갔다. 무언가를 열심히 보고 있는지 다가서는 내 존재를 눈치 채지 못했다.

"피나! 노아!"

노점을 구경하고 있던 두 사람을 뒤에서 불렀다.

"유, 유나 님?!"

"유나 언니! 어째서 여기에? 모험가 길드는요?"

놀란 두 사람이 뒤돌아 봤다.

"볼일이 끝나서 노점을 둘러보고 있었어. 두 사람은 뭘 보고 있었던 거야?"

두 사람이 보고 있던 곳을 쳐다보자 뭔가 말다툼 소리가 들려왔다.

"할아버지가 이상한 먹을거리를 파는 것 때문에 소란이 난 모

153

양이에요."

"이상한 먹을거리?"

"아무래도 곰팡이가 핀 먹을거리라나 봐요."

곰팡이라니, 그런 게 폈으면 소란이 날 만하지.

나는 상황을 확인하기 위해 두 사람 앞으로 나갔다.

할아버지와 젊은 남자가 노점 앞에서 싸우고 있었다.

"왜 그딴 걸 파는 거요? 주변에 민폐잖아요!"

"이건 그냥 곰팡이가 아니라니까?"

"곰팡이긴 곰팡이잖아요!"

"이건 안쪽을 먹는 건데—."

"곰팡이 핀 걸 먹겠냐고요!"

할아버지는 열심히 설명하려 했지만 남자는 이야기를 들으려고
하지 않고 불평만 하고 있었다.

하지만 내가 신경 쓰인 건 가게에 나열돼 있는 것들이었다.

저건 틀림없는 곰팡이었다. 하지만 문제는 그쪽이 아니었다.

저건 치즈였다. 치즈란 말이다. 분명 치즈다.

그대로 먹어도 되고, 빵에 껴서 먹어도 된다. 무엇보다도 피자
를 만들 수 있었다.

그라탕도 만들어 먹고 싶네. 하지만 그라탕은 아직 못 만드려나.

"애들아, 저건 치즈야."

"치, 즈?"

"몰라?"

"네, 모르겠어요."

"저도 몰라요."

아무래도 치즈에 대해 두 사람 모두 모르는 것 같았다.

그렇다는 건 좀처럼 손에 넣을 수 없다는 것이 된다.

이건 어떻게 해서든 손에 넣어야겠는걸.

"그러니까 이건 먹는 겁니다."

"이런 거 아무도 안 먹어요!"

두 사람은 말다툼을 하는 것처럼 보였지만 남자가 일방적으로 할아버지에게 불평을 하고 있을 뿐이었다. 남자는 할아버지의 말을 들으려고 하지 않았다.

나는 논쟁을 벌이고 있는 두 사람이 있는 쪽으로 다가갔다.

"유나 언니?!"

피나가 불러 세웠지만 나는 두 사람 사이에 끼었다.

"할아버지. 이거 치즈죠?"

"그렇단다. 알고 있니? 귀여운 차림을 한 꼬마 아가씨."

"뭐야? 갑자기 튀어나와선. 게다가 뭐지? 그 복장은. 꼬맹이라도 방해하면 가만 안 둬."

가까이 다가가니 남자는 술 냄새로 진동했다. 술에 취한 것 같았다.

그래서 할아버지가 하는 말을 듣지도 않았던 것이었다.

"이건 먹는 거예요. 그런 것도 모르는 사람은 조용히 있죠?"

주정뱅이는 무시하기로 했다.

"곰팡이 핀 이런 걸 먹는 거라고? 웃기는 군!"

주정뱅이는 악질이었다. 남이 하는 말은 듣지도 않고, 무시하면 트집을 잡았다.

"어이, 듣고 있는 거야?!"

남자는 내 어깨를 붙잡으려 했다.

나는 다가오는 남자의 팔을 붙잡고 다른 한쪽 손으로 남자의 배에 곰 펀치를 약하게 날렸다.

남자는 몸을 앞으로 구부리며 쓰러졌다.

기절했지만 힘 조절은 했다.

나는 쓰러진 남성을 그대로 두고 할아버지 쪽을 돌아보며 아무 일도 없었던 것처럼 말을 건넸다.

"할아버지, 괜찮아요?"

"그래, 덕분에. 고맙구나."

할아버지는 쓰러져 있는 남자와 나를 번갈아 바라봤다.

"그래, 꼬마 아가씨는 치즈에 대해 알고 있니?"

"우유를 발효시켰다는 것만…… 만드는 방법은 자세히 모르지만요."

"맞단다. 어린데 잘 알고 있구나."

"할아버지, 맛을 좀 봐도 될까요?"

"당연하지, 먹어보렴."

할아버지는 나이프로 치즈를 얇게 썰어 주었다.

"유나 언니, 드시려고요?"

피나와 노아가 걱정하며 물었다.

뭐, 곰팡이가 피어있는 걸 먹으려고 하니 당연하겠지.

"곰팡이는 표면에만 있어서 괜찮아."

나는 한 입 크기의 치즈를 입 안에 넣었다.

맛이 조금 진했지만 틀림없는 치즈였다.

"너희도 먹을래?"

두 사람은 고개를 옆으로 저었다. 맛있는데—.

"할아버지, 이거 파시는 거죠?"

"그래, 마을에서 돈이 필요해져서 치즈라도 팔기 위해 왕도까지 왔는데 아무도 사질 않는구나."

역시 이 세계에서 치즈는 그다지 알려져 있지 않는 모양이었다.

아까 남자도 그렇고, 피나와 노아도 모르고.

"그렇다는 건, 즉, 제가 전부 사도 된다는 말씀이시네요."

다른 곳에선 팔지 않을 가능성이 높았다. 이건 다 사들이고 싶었다.

"꼬마 아가씨가 사주려고?"

"가격이 어떤지 보고요. 얼마예요?"

"사실은 무게로 팔아야 하지만…… 한 덩어리에 이 정도란다."

할아버지가 제시한 금액을 보고—.

"살게요. 전부 주세요!"

바로 샀다.

"사주는 건 고맙지만, 진심이니?"

할아버지가 믿기지 않다는 듯 나를 바라봤다. 뭐, 아무도 거들 떠보지 않던 걸 전부 사겠다고 하니 믿기지 않겠지.

"네, 진심이에요."

나는 증명하듯 돈을 꺼냈다.

할아버지는 놀란 표정을 지었다.

"곰 아가씨. 고맙네."

돈을 보여주는 걸로 믿어준 것 같았다. 할아버지는 기쁘게 돈을 받아주었다.

교섭이 성립됐을 무렵 뒤에서 소란이 일어났다.

뒤를 돌아보자 병사가 온 것 같았다.

"여기서 싸움이 일어났다고 들었는데…… 곰? ……유나 님?!"

나타난 사람은 도적단 때 신세를 졌던 란젤 씨였다.

"유나 님, 여기서 뭘 하고 계시나요? 그리고 여기서 다툼이 있었다고 들었는데요."

"아무 일도 없었어요. 주정뱅이가 난동을 부리더니 제멋대로 쓰러져서는 자고 있는데요."

조금 전 곰 펀치로 쓰러진 남자를 봤다. 쓰러진 원인은 다르지만 술에 취한 건 진짜였다.

란젤 씨도 쓰러져 있는 남자를 보고 주위 사람들을 둘러봤다.

"정말인가요?"

그는 의심하듯 나에게 물었다. 남자의 입에서 거품이 약간 나와 있었다.

안 속는 건가?

솔직하게 사실대로 말하기로 했다.

"주정뱅이가 할아버지에게 시비를 걸고 있기에 그걸 도와줬을 뿐이에요."

"곰 아가씨가 하는 말이 사실이라네. 나를 도와줬어."

"유나 님은 잘못 없어요."

"유나 언니는 할아버지를 지키려고―."

할아버지, 노아, 피나가 도와줬다. 게다가 주변에서도 옹호하는 말이 들려왔다.

뭐, 주정뱅이보다는 인형 옷을 입은 여자아이 쪽을 옹호하겠지.

란젤 씨는 머리를 긁적였다.

"알겠습니다. 이번엔 눈 감아드리죠."

란젤 씨는 부하에게 남자를 옮기도록 지시를 내렸다.

"이번에는 주정뱅이가 소란을 피웠다고 처리하겠지만, 유나 님도 문제를 일으키지 않도록 부탁드릴게요. 유나 님의 복장은 트러블을 불러일으킬 것 같으니까요."

그 말에 대해선 반론을 할 수 없었다. 조금 전 모험가 길드에서 트러블이 일어난 지 얼마 지나지 않았다.

"그렇지 않아도 여러 곳에서 사람들이 모이니 트러블이 많이 일어나 고생이에요. 정말 부탁드릴게요."

그건 약속할 수 없었다.

"그럼, 저는 가보겠습니다."

란젤 씨는 고개를 숙이고 부하와 함께 자리를 떴다.

나는 다시 할아버지와 치즈 이야기를 했다.

"아가씨, 폐를 끼친 것 같구먼. 고맙네."

"신경 쓰지 않아도 돼요. 저도 치즈를 사고 싶기도 했고요. 혹시 아직 더 있으면 살게요."

"미안하네. 마을에서 가져올 수 있는 건 전부 가져왔지만 이게 전부라네. 마을로 돌아가면 아직 있지만 말이야."

할아버지는 잘못한 게 없는데 사과를 했다.

하지만 마을로 가면 치즈는 아직 있다는 말이었다. 좋은 얘기를 들었다.

"그렇다면 마을의 위치를 알려주시겠어요? 다음번에 사러 갈게요."

"그건 고맙지만 그렇게 많이 필요한 겐가? 이것만으로도 꽤 양이 되는데 말이야."

"고아원 아이들을 돌보고 있어서요. 다음에 이 치즈로 요리를 만들어서 대접해줄 생각이에요."

"그렇군. 알았네, 마을로 온다면 환영하지."

"고맙습니다."

"아니, 고맙단 말은 내가 해야지. 고맙네. 이대로 못 팔았다면 곤란했을 거야."

"그래요? 그럼, 조금 넉넉히 지불할게요."

"괜찮겠니?"

"그럼요. 그 대신 마을로 가면 싸게 팔아주세요."

"그래, 물론이지. 왕도로 안 와도 되는 만큼 내 쪽도 편해지니까."

할아버지에게 마을 위치를 물은 뒤, 구입한 치즈를 전부 곰 박스에 담았다.

할아버지와 헤어지고 피나, 노아와 함께 노점을 둘러보기로 했다.

"유나 님, 조금 전 치즈 말인데요. 정말 맛있나요?"

노아가 기뻐하고 있는 나에게 물었다.

내 머리 속은 빵은 물론이거니와 돌아가면 피자를 먹고 싶다는 생각뿐이었다.

일전에 감자도 손에 넣었다. 이건 피자를 만들라는 계시를 받은 것과 같았다.

자연스럽게 미소가 흘러나왔다.

"으~음, 사람마다 다를걸? 나는 좋아하는데 싫어하는 사람도 있기도 하고."

"그······ 저도 먹을 수 있을까요?"

"저, 저도 먹어보고 싶어요."

"그럼, 지금부터 돌아가서 피자라도 만들어볼까? 피자라면 대부분의 사람들이 좋아하거든."

내가 먹고 싶다는 이유가 가장 컸다.

"네, 먹어보고 싶어요."

나는 곰 박스에 들어있는 식재료를 떠올리며 부족한 식재료를 구입한 후, 곰 하우스로 돌아가기로 했다.

🎀 63 곰 씨, 성에 가다

일단 쓸데없이 넓은 정원에 화덕을 만드는 일부터 시작했다.

예전에 텔레비전에서 본 화덕을 떠올리며 만들어 봤다.

이럴 때 마법이 참 편리하네. 잘못 만들어도 간단하게 다시 만들 수 있고.

시행착오를 거쳐 화덕 제1호가 만들어졌다.

내가 화덕을 만들고 있는 동안 두 사람에겐 밀가루 반죽을 부탁했다.

생지가 완성되면 피자에 올릴 토핑을 준비할 것이다.

감자, 닭고기, 피망, 토마토, 조금 전 구입한 치즈.

그것들을 토핑으로 올리고 화덕에 넣었다. 이제 노릇노릇하고 맛있게 구워질 때까지 기다리는 것뿐이었다.

치즈가 녹아 맛있는 냄새가 풍겨왔다.

"슬슬 꺼내볼까?"

다 구워진 피자를 꺼냈다. 치즈가 걸쭉하게 녹아 먹음직스러웠다.

"그게 피, 자인가요?"

"맛있는 냄새가 나네요."

피자를 잘라 나눠서 그릇에 올리고 두 사람에게 건네줬다.

"뜨거우니까 데지 않게 조심해."

두 사람에게 주의를 준 뒤 내 몫을 준비했다. 맛있어 보였다. 참을 필요도 없었기 때문에 곧바로 먹어봤다.

치즈가 늘어났다. 뜨겁지만 매우 맛있었다.

그리웠던 고향의 맛.

전화로 주문하면 30분 이내로 도착했던 게 그리웠다.

내가 맛있게 먹는 모습을 보고 피나와 노아도 먹기 시작했다.

"앗, 뜨거워. 그래도 맛있네요."

"진짜 맛있어요."

"그렇지? 왜 다들 이렇게 맛있는 걸 안 먹는 걸까?"

"여기 늘어나는 게 치즈죠? 녹으면 이렇게 되는구나."

"감자도 따끈따끈하니 맛있어요."

"치즈와 감자는 잘 어울리지."

다른 종류의 피자도 만들고 싶었지만 재료가 없으니—.

씨푸드 피자도 먹고 싶네. 오징어나 새우 같은 재료들을 올려서 말이다.

소시지나 베이컨을 올려도 괜찮을 것 같았다.

일단 오늘은 이걸로 참기로 했다.

뭐, 그렇게 만든다고 해도 다 먹을 수 없기도 하고.

이렇게 큰 한 판 조차 나와 꼬맹이 둘이서 다 먹을 수 있을지 의문이었다.

"식으면 맛이 덜하니까 얼른 먹어."

그렇게 셋이서 피자를 먹고 있는데 멀리서부터 달려오는 소리
가 들려왔다.

교복을 입은 시아였다. 전에 엘레로라 씨도 달려오더니, 이 모
녀는 항상 뛰어다니나?

"언니, 여긴 어쩐 일이세요?"

"학교가 빨리 끝나서 집에 돌아갔더니 노아가 없기에 여기일 거
라고 생각해서 왔어. 다들 뭘 먹고 있는 거야?"

시아가 우리가 먹고 있는 피자에 대해 물어왔다. 하긴 본 적이
없을 테다.

"피자라는 걸 먹고 있어요."

"피, 자요?"

"빵 생지를 얇게 펴서 그 위에 여러 재료와 치즈를 올리고 구운
음식이라고 해야 하나?"

조금 틀렸을지도 모르지만 간단하게 설명했다.

"언니도 드셔보실래요? 엄청 맛있어요."

나는 남아있는 피자를 시아에게 건네줬다.

"이거 손으로 먹는 건가요?"

"보통은 손으로 먹지. 싫으면 포크라도 줄게."

귀족은 손으로 먹는 건 거부감이 있나?

하지만 여동생인 노아는 아무렇지 않게 손으로 먹고 있었다.

"괜찮아요. 이대로 먹을게요."

"뜨거우니까 조심해요."

시아는 녹아 흐르는 치즈를 입으로 잘 옮겨 한 입 먹었다.

"……맛있네요."

시아도 함께 먹자 피자가 점점 줄었다. 다들 잘 먹네.

"미사 님이 함께하지 못해서 아쉽네요."

그러고 보니 오늘은 함께 있지 않았다.

"어쩔 수 없지. 오늘은 가족과 외출한다고 했으니까."

그래서 없었구나.

"모두들 계속 먹을 거면 더 구울까 하는데, 어떻게 할까?"

"저는 조금 더 먹고 싶어요."

"저도 부탁드릴게요."

"저도요."

세 명 모두 아직 더 들어갈 수 있는 모양이었다.

요청에 따라 조금 전과 같은 재료로 피자를 구웠다.

이 정도면 고아원 아이들도 기뻐해줄까?

나는 새롭게 구워진 피자를 잘라 세 명에게 나눠줬다.

"데지 않게 조심해."

세 명 모두 「네」하고 활기차게 대답하고 먹기 시작했다.

피자 두 판이 네 사람의 뱃속으로 깔끔하게 사라져갔다.

마지막에는 모두 배가 불러 괴로워했다.

다음번엔 조금 작게 만들자고 생각했다.

다음 날 아침, 엘레로라 씨가 곰 하우스로 찾아왔다.

"안녕하세요. 이렇게 아침 일찍 어쩐 일이세요?"

"아이들에게 들었는데, 맛있는 음식이 있다고 하길래."

그거 어제 먹었던 피자 얘기인가?

"아침부터 먹을 게 아니에요."

엘레로라 씨는 그것만을 위해서 이렇게 아침 일찍부터 온 건가?

"아침부터 안 먹어?"

"먹는 사람도 있을 수 있겠지만 보통은 안 먹어요."

아침부터 먹으면 속이 더부룩해질 것이었다.

"그거 아쉽네. 어제 아이들이 저녁을 안 먹었어. 그래서 캐물었더니 유나네 집에서 피자라는 맛있는 걸 먹었다면서 엄청 맛있다는 듯 말했거든. 나만 못 먹는 건 분하잖아."

아무리 봐도 거절할 수 있을 것 같지 않았다.

아무래도 이틀 연속으로 피자를 먹어야 할 것 같았다.

"하아, 알았어요. 그럼 점심에 만들까요?"

"정말? 그럼 점심때까지 시간 있으니까 성 구경을 시켜줄게."

"성이요?"

"그래. 전에 피나가 성 안을 구경하고 싶다고 그랬거든. 하지만 성은 기본적으로 관계자 외에는 들어갈 수 없어. 하지만 내가 함께 있으면 들어갈 수 있지. 그러니까 오전 중에 성을 견학하고 점심에는 피자를 먹도록 하자."

분명 성 안을 견학할 수 있는 기회는 흔치 않을 것이다.

피나도 보고 싶어 한다는 건 알고 있었으니 그 제안을 받아들였다.

그리하여 피나와 함께 성으로 갔다.

눈앞에 높게 뻗은 큰 건물이 있었다.

성 입구에는 커다란 창을 든 병사가 두 명 서 있었다.

피나는 긴장하며 내 곰 손을 잡고 있었다.

엘레로라 씨는 아무런 말도 안 했지만, 나는 이 차림으로 들어가도 괜찮은 걸까?

만일 입구에서 막힌다면 피나만이라도 견학을 부탁해야겠다.

"엘레로라 님, 안녕하십니까. 그쪽에 계신 분들은 어디서 오신 분들이죠?"

문지기는 그쪽에 계신 분들이라고 말하면서 내 옷차림을 수상하다는 듯이 쳐다봤다.

하긴, 그게 일이니까 어쩔 수 없지.

"내 손님이야. 성 안을 보여주려는데, 무슨 문제라도 되나?"

엘레로라 씨는 위압하듯 문지기에게 대답했다.

문지기는 그런 엘레로라 씨에게서 한 발 물러섰다.

"아뇨, 그렇지 않습니다. 업무상 확인을 했을 뿐입니다. 들어가

십시오."

문지기는 경례를 하고 우리들을 들여보내줬다.

그 정도만으로 되는 거야?

내 마음 속 질문에 아무도 대답해주지 않았다.

"두 사람 모두 어디 보고 싶은 곳이 있니?"

우리를 돌아보는 엘레로라 씨의 얼굴에는 미소가 돌아와 있었다. 화나면 무서울까?

"저는 딱히 없어요."

애당초 성에 뭐가 있는지 알지 못했다.

"저도 없어요. 이미 만족했어요."

피나는 문을 넘어온 것만으로 돌아가고 싶어 했다.

동경의 기분으로 보고 싶은 마음과 제 자리가 아닌 것 같아 주눅이 든 자신이 있을 테다.

"그럼 적당히 걷자."

"그런데 정말 노아에게 아무 말 않고 와도 돼요?"

곰 하우스를 나설 때 노아에 대해 물었다. 저번처럼 피나와 단둘이 외출을 하면 토라질 가능성이 있었다.

"괜찮아. 언제까지고 자고 있는 그 아이가 잘못이지. 클리프도 제대로 교육하는 건지, 원······. 다음에 만나면 확실하게 물어봐야지 안 되겠어."

그런 이유로 셋이서 성 안을 거닐었다.

말로 표현하자면 크고, 예쁘고, 성이라는 느낌이었다. 응, 설명이 되질 않네.

엘레로라 씨의 안내를 받으며 성 안을 걷고 있는데 사람들을 지나칠 때마다 모두 엘레로라 씨에게 고개를 숙이고 갔다. 그리고 다음으로 우리를 보고는 놀란 얼굴을 했다.

그러고 보니 엘레로라 씨는 무슨 일을 하는 사람이지? 성에서 일하고 있다는 건 알고 있지만…….

남편인 클리프가 영지 경영을 하고 있으니 보통이라면 부인인 엘레로라 씨도 영주의 일을 도울 거라고 생각하지만…….

"엘레로라 씨는 성에서는 어떤 일을 하고 계세요?"

"내 일? 잡일 담당이야."

"잡일이요?"

"기사를 따르게 하거나 서류를 처리하고, 국왕의 상담을 들어주거나 여러 가지 일이 있지. 사실 일을 그만두고 클리프가 있는 곳으로 가고 싶지만 국왕이랑 재상, 기사들 모두가 못 가게 해. 그래서 시아가 학교에 다니는 동안만 성에서 일하는 거야. 그런데 다음에 노아가 학교에 다니기 시작하면 또 다시 성에서 일할 처지가 될 것 같아."

아직도 무슨 담당인지 모르겠는데……. 설마 엘레로라 씨, 엄청 대단한 사람 아니야?

그래서 모두 고개를 숙이는 건가?

세세하게 물으면 무서워질 것 같으니 캐묻는 건 관두기로 했다.

"그럼, 다음은 기사들이 훈련하는 모습이라도 보러 갈까?"

중앙 정원을 벗어나자 조금 넓은 훈련장이 나왔다.

그곳에는 갑옷과 투구를 착용한 병사들이 있었다. 모두들 검과 창, 각자의 무기를 들고 훈련하고 있었다.

엘레로라 씨가 훈련장에 나타나자 한 기사가 다가왔다.

"엘레로라 님, 이런 곳엔 어쩐 일이십니까. 혹시 훈련을 봐주시려는 건가요?"

"자네들이 게으름 피우고 있는 건 아닌지 보러 온 것뿐이네. 다시 훈련하러 가도 좋아."

기사는 고개를 숙이고 순순히 돌아갔다.

"유나가 봤을 때 어때?"

"어떻냐니요?"

"기사들한테 이길 수 있을 것 같아?"

기사들이 있는 앞에서 무슨 말을 하는 거야.

"못 이기죠."

나는 곧바로 대답했다.

기사들은 엘레로라 씨 쪽을 힐끔힐끔 쳐다보고 있었다.

"모두들 유나가 신경 쓰이나 보네."

아무래도 엘레로라 씨가 아닌 나를 보고 있었던 모양이었다.

뭐, 성에서 유명한 엘레로라 씨가 인형 옷을 입은 자와 꼬맹이를 데리고 오면 신경 쓰이지.

그들이 훈련하는 모습을 보고 있는데 게이머 시절이 떠올랐다. 훈련은 박력이 넘쳤고, 게임과 달리 위협적이었다.

내가 열심히 보고 있자 엘레로라 씨가 말도 안 되는 말을 꺼냈다.

"유나, 같이 훈련해보지 않겠어?"

어느 정도의 실력이 있는지 싸워 보고 싶은 마음은 있지만 여기에서 내가 이기기라도 한다면 미움 받을 게 확실했다.

게임이라면 몰라도 앞으로 이 세계에서 살아가야 하는 거라면 그런 짓은 하고 싶지 않았다. 그래서 대답은 정해졌다.

"정중히 거절하겠습니다."

"아쉽다."

설마 내가 싸우는 걸 보고 싶어서 여기로 데려온 건가?

일반적으로 생각하면 여자아이를 기사 훈련장에 데려가거나 하지 않을 것이다. 피나도 조용히 있을 뿐이었다.

나는 다른 장소로 갈 것을 제안했다. 엘레로라 씨는 아쉬운 듯 다른 장소로 안내해주었다.

성 안으로 돌아가기 위해 뒤로 돌았더니 작은 여자아이가 달려오는 모습이 보였다.

"곰 님이다~."

여자아이는 푹, 하고 내 허리를 끌어안아 왔다.

저기, 누구?

네다섯 살 정도의 여자아이였다.

예쁜 옷을 입고 있었다.

성 안에서 예쁜 옷을 입고 있다는 건, 설마…….

"이런 플로라 님, 어째서 이런 곳에 계시나요?"

플로라 님?

「혹시나」가 「역시나」인 건가?

"성을 산책하고 있는데, 다들 곰 님이 왔다고 해서, 찾고 있었어."

곰 님이라는 건 나를 말하는 거구나.

"왜 곰 님이, 성에 있는 거야?"

"곰 님은 성을 구경하는 중이에요."

엘레로라 씨가 대답했다. 근데, 곰 님이라니…….

"정말?"

동글동글한 눈으로 쳐다봐서 내 선택지는 수긍하는 수밖에 없
었다.

"그렇구나. 그러면, 내 방으로 안내해줄게."

조그마한 손이 내 곰 인형을 잡았다.

어쩌면 좋을지 몰라 엘레로라 씨를 봤다.

"그럼, 안내해줄래요?"

"엘레로라 씨?"

"공주님의 권유는 거절 못하잖아."

역시 공주님이었어.

근데, 괜찮나? 공주님 방인데…….

거절하고 싶지만 거절하는 건 불가능하겠지.

그 이전에 공주님 방에 가도 되는 거야?

왕족의 방이잖아.

만화나 소설의 지식 밖에 없지만 일반 모험가가 들어갈 만한 곳이 아니잖아.

"엘레로라 씨, 안 되는 거 아니에요? 상대는 공주님이에요. 우리는 일반인인걸요."

옆에 있는 피나도 사색이 된 얼굴로 굳어 있었다.

아마도 나 이상으로 구름 위의 존재의 등장에 사고가 멈춰있을 것이다.

"내가 함께 있으면 괜찮아. 책임은 전부 내가 질 테니까."

"곰 님, 내 방, 안 오는 거야?"

플로라 님이 고개를 들어 슬픈 듯 나를 바라봤다.

도망갈 길이 없었다.

이거 가야 하나—.

나는 곰 인형을 잡고 있는 작은 손을 뿌리칠 수 없었다.

"갈 테니까 울지 마."

나는 비어있는 곰 인형으로 머리를 부드럽게 쓰다듬어 주었다.

쓰다듬고 든 생각이지만 왕족의 머리를 쓰다듬어도 되나?

엘레로라 씨가 아무런 말도 하지 않았으니 괜찮은 건가?

플로라 님은 기뻐하며 내 손을 끌어당겼다.

피나는 사색인 채로 따라왔다.

엘레로라 씨는 미소를 지으며 뒤따랐다.

국왕이라던가 등장하진 않겠지.

그런 이유로 공주님의 방으로 왔습니다.

뭐랄까, 호화로웠다.

호화롭다 해도 금으로 번쩍거리는 방이라던가 고가의 도자기나
고급 그림이 있는 건 아니었다.

예쁜 융단.

캐노피가 달린 침대.

부드러워 보이는 이불.

고급스런 테이블, 의자.

그런 방이었다.

그래서 방에 온 건 좋은데, 앞으로 어떻게 하면 좋지?

"플로라 님, 어떻게 할까요? 그림책이라도 읽으실래요?"

"그림책, 재미없어."

엘레로라 씨가 가져온 그림책은 공주님과 왕자님의 이야기였다.

그 그림책을 보고 생각이 든 건, 그림책인데 그림이 귀엽지 않
았다.

그림책이라면 귀여운 그림이 그려져 있어야 그림책이지.

이렇게 리얼한 그림으로 그려져 있다니.

"엘레로라 씨, 종이와 뭔가 그릴 만한 거 있나요?"

"있는데, 왜?"

"제가 그림책을 만들려고요."

누구나 한 번쯤은 동경했을 만화가의 길.

나는 딱히 목표로 했던 건 아니고, 아무 의미 없이 그렸던 적이 있었다.

"유나, 이거면 될까?"

엘레로라 씨가 종이와 그릴 것을 가져와 주었다.

나는 그것들을 받고 그림을 그리기 시작했다.

🎀 64 그림책 곰과 소녀 1권

어느 마을에 어린 소녀가 있었습니다.

소녀에게는 사랑하는 어머니가 있었습니다.

하지만 어머니는 병으로 누워있기만 하고 움직일 수 없었습니다.

소녀에게는 아버지는 없었습니다.

소녀는 병이 든 어머니를 위해 일을 해서 약을 구해야 했습니다.

하지만 어린 소녀에겐 일이 없었습니다.

아무도 아이를 고용해주려고 하지 않았기 때문입니다.

소녀는 약초를 구하러 숲으로 찾아 나섰습니다.

숲에는 무서운 마물이 많았습니다.

하지만 사랑하는 어머니를 위해 약초를 찾아야 했습니다.

그런데 아무리 찾아봐도 약초는 발견되지 않았습니다.

위험하지만 소녀는 깊은 숲 속으로 들어갔습니다.

소녀는 길을 잃고 늑대에게 둘러싸여버렸습니다.

소녀는 소리쳤습니다.

「도와주세요!」라고.

하지만 아무도 도와주지 않았습니다.

어머니, 죄송해요.

약초를 찾지 못해 죄송합니다.

죄송합니다. 죄송해요.

소녀는 닿질 않는 사죄를 했습니다.

울프에게 공격을 당하려는 순간, 소녀는 무서워서 눈을 감았습니다.

하지만 아무리 지나도 울프가 덮쳐오지 않았습니다.

눈을 천천히 뜨자 그곳에는 죽어있는 울프들이 있었습니다.

무슨 일이지?

소녀는 주위를 둘러봤습니다.

그곳에는 곰이 있었습니다.

"괜찮니?"

곰이 말을 걸어왔습니다.

"고맙습니다."

소녀는 곰에게 고맙다고 말했습니다.

"어째서 이런 곳에 있니?"

곰이 그렇게 묻자 소녀는 솔직하게 말했습니다.

곰은 이야기를 들어줬습니다.

그리고 등에 올라타라고 말했습니다.

소녀는 곰의 등에 올라탔습니다.

곰은 엄청난 속도로 달렸습니다.

곰이 멈췄습니다.

그곳에는 약초가 가득 있었습니다.

소녀는 곰에게 고맙다고 말하고 약초를 모았습니다.

이것으로 어머니의 약을 만들 수 있습니다.

"곰 님, 고마워요."

곰은 상냥하게 웃어주었습니다.

곰은 다가오는 마물을 쓰러뜨리며 마을까지 태워줬습니다.

소녀는 곰에게 몇 번이고 고맙다며 인사했습니다.

곰은 소녀의 머리를 부드럽게 쓰다듬어 주었습니다.

곰은 손을 흔들더니 숲으로 돌아갔습니다.

소녀는 마지막으로 고개를 숙이고 아픈 어머니가 있는 집으로

달려갔습니다.

소녀는 구해온 약초로 어머니의 약을 만들었습니다.

어머니는 고맙다며 웃어주었습니다.

소녀도 웃었습니다.

고마워요, 곰 님.

🎀 65 곰 씨, 그림책을 만들다

우선 이야기 내용을 생각해야 했다.

역시 여긴 곰을 소재로 하는 게 좋겠지.

왜냐하면 이 아이가 나에게서 떨어지려 하지 않기 때문이었다.

하지만 곰이 등장하는 그림책이 있던가?

생각나는 건 킨타로[#1]에서 나오는 곰 정도였다.

그 다음으로 생각나는 건 노래 중에 있는『숲 속의 곰』[#2] 정도려나…….

어릴 적 기억을 떠올려 봤지만 더 이상 생각나지 않았다.

이건 확실히 친근한 이야기를 주제로 해야 했다.

나는 한 소녀의 그림을 그리기 시작했다.

플로라 님은 내 옆에서 그림을 뚫어져라 쳐다봤다.

종이에 그림을 그리고 있는 게 신기한 지 조용히 있었다.

소녀의 모티브는 피나였다.

모티브가 있으면 그림도 그리기 쉬웠다.

"피나랑 닮았네."

만화 캐릭터처럼 약간 바뀐 피나가 그려져 있었다.

#1 킨타로 『사카타노 킨토키』라는 일본 영웅을 주인공으로 한 옛날이야기.
#2 『숲 속의 곰』 일본의 동요.

"뭐, 피나의 실제 체험담이니까요."

"어머, 그러니?"

그림책의 소재가 된 피나는 약간 떨어진 곳에서 메이드에게 받은 음료를 긴장하며 마시고 있었다.

평민이 메이드에게 차를 대접 받는 경험은 좀처럼 할 수 없는 일이기 때문이었다.

나는 이야기에 맞춰 그림 여러 장을 그렸다.

드디어 내가 등장하는 장면을 그리게 됐다.

"어머, 귀여운 곰이네."

만화 캐릭터처럼 그려진 곰(나)을 그렸다. 뭐, 등장하는 건 내가 아니라 만화 캐릭터처럼 그려진 진짜 곰이었다.

실제 색을 낼 수 있으면 좋겠지만……. 그래도 검은 색만으로도 잘 그렸다고 생각했다.

다음에는 컬러 펜이 있는지 찾아봐야겠다.

"와아……."

플로라 님은 눈을 반짝이며 곰 그림을 보고 있었다.

"그건 그렇고, 이렇게 귀여운 그림은 처음 봤어."

"그러세요?"

"그림 그리는 사람을 몇 명 알긴 하지만 이런 그림은 처음 봐."

소녀와 곰이 만나는 장면을 그렸다.

"여자아이는 어떻게 돼?"

플로라 님이 물어왔다.

하지만 굳이 대답하지 않았다.

"다 그리면 알게 된답니다."

"그럼 빨리 그려줘, 빨리 그려줘~."

나는 이어서 그리기 시작했다.

잠시 후, 그림 여러 장을 완성시켰다.

마지막에는 소녀가 마을로 돌아가고, 곰이 숲으로 돌아가는 장면을 그려서 그림책을 완성했다.

"됐다……."

몇 시간 만에 그린 거지만 꽤 공들여서 만들었다.

프로 그림 작가가 아니라서 이 정도겠지.

나는 종이를 정리해서 플로라 님에게 건넸다.

"곰 님. 나한테 주는 거야?"

"읽어주면 기쁠 것 같은데요?"

"곰 님, 고마워."

플로라 님은 기쁘게 그림책을 받아주었다.

"플로라 님, 잘 됐네요. 나중에 흩어지지 않도록 제본해둘게요."

플로라 님은 기쁜 듯 그림책을 읽어 주었다.

기뻐하니 다행이었다.

몇 시간 만에 그릴 수 있었던 건 곰의 힘이 아니라 내 실력이었다.

처음으로 이 세계에서 내 스스로의 힘이 도움이 된 것 같았다.

내가 등을 펴고 뭉친 어깨 근육을 풀고 있자 메이드가 문을 두드리고 들어왔다.

"플로라 님, 식사 시간입니다."

"그럼, 우리도 가볼까?"

엘레로라 씨가 일어섰다.

그에 따라 나도 의자에서 일어섰다.

"곰 님, 돌아가는 거야?"

엘레로라 씨가 돌아가겠다고 전하자 플로라 님은 내 옷을 붙잡으며 싫어했다.

"으음, 플로라 님. 다음에 또 올게요."

"진짜?"

"당분간은 왕도에 있을 거니까 또 올게요."

"응, 알았어."

작은 손이 떨어졌다.

"피나도 돌아가자. 언제까지 사색이 되어 있을 거야."

"유, 유나 언니?"

피나가 현실로 돌아왔다. 이제껏 다른 세계에 다녀온 것 같았다.

피나가 그림책 내용을 알면 의식을 잃을 것 같아서 조용히 있기로 했다.

플로라 님과 헤어지고 성을 나왔다.

결국 구경할 수 있었던 곳은 기사 훈련장과 공주님 방뿐이었다.
하지만 성의 통로와 외관도 충분히 구경할 수 있었다.
메인 손님이었던 피나가 즐겼는지 어땠는지는 의문이지만 말이다.
곰 하우스로 돌아오자 노아가 현관 앞에 앉아 있었다.
우리를 보고 일어나 화를 내기 시작했다.

"모두들 어딜 다녀온 거예요!"

"성에 다녀왔는데."

오늘 아침의 일을 간단하게 설명했다.

"어머님! 어째서 말도 없이 가시는 거예요. 저도 데려가 주세요."

"그렇지만 너는 안 일어나잖니."

엘레로라 씨는 평온하게 대답했다.

"게다가 성에 가는 건 여기 와서 정했으니 권할 수가 없었어."

"집으로 한 번 돌아오시던가 여러 방법이 있을 텐데요. 외톨이
로 만들지 말아주세요."

"그럼, 빨리 일어나렴."

"으…… 알았어요. 하지만 다음번엔 제대로 깨워주세요."

"잠꼬대로 「조금만 더……」라고 하지 않는다면."

노아는 새빨개진 얼굴로 입을 다물었다.

"그런데 내가 여기 있다는 걸 용케 알았구나."

"스릴리나가 어머님이 「피자, 피자」하고 중얼거리시면서 나가셨
다고 해서, 어디로 가셨는지 바로 알았어요. 하지만 왔더니 아무

도 없어서……. 저도 한 번 더 피자가 먹고 싶어요."

"그럼, 지금부터 만들 테니까 도와줄래?"

나는 화덕이 있는 곳으로 향해 피자 준비를 했다.

준비한다고 해도 어제 준비했던 재료가 그대로 곰 박스에 담겨 있었다.

그래서 재료를 잘라 토핑으로 올려 굽기만 하면 됐다.

준비를 마치고 화덕도 온도가 적당해져서 피자를 넣었다.

화덕 안에서 피자가 구워졌다.

"좋은 냄새가 나네."

"이렇게 맛있는 거라면 매일 먹고 싶어요."

"살찔 거야."

살찐 노아는 보고 싶지 않았다.

"이거, 살찌나요?!"

"기름이 많으니까. 자주라도 한 달에 몇 번 정도가 좋아. 게다가 너무 많이 먹으면 질리니까 뭐든 정도껏 하는 게 좋아."

여러 토핑이 있다면 질릴 일도 없겠지만.

다시 왕도 안을 조사해서 식재료를 찾아야겠다.

특히 쌀, 간장, 된장을 원했다.

피자가 다 구워져 화덕에서 꺼냈다.

4인분으로 나눠 그릇에 올렸다.

"그럼, 잘 먹을게."

"뜨거우니 조심해서 드세요."

처음 먹는 엘레로라 씨에게 주의를 줬다. 화상을 입으면 곤란하니까 말이다.

"아, 뜨거워! 근데 정말 맛있어."

엘레로라 씨가 치즈를 늘리면서 맛있게 먹었다.

나는 모두가 먹고 있는 동안 한 판 더 구울 준비를 했다.

어제는 넷이서 두 판을 먹었더니 배가 괴로웠다.

오늘도 네 명. 하지만 엘레로라 씨는 어른이니 두 판이면 딱 적당하겠지.

"유나 언니. 제가 할게요."

먹고 있던 피나가 도와주겠다고 말했다.

"피나는 먹어도 돼. 이건 금방 끝나니까."

"하지만……."

"신경 쓰지 마."

"네."

피나는 미안해하는 듯 했다.

신경 쓰지 않아도 되는데.

두 판 째 준비도 끝나고 두 판째가 다 구워질 때까지 나도 피자를 먹었다.

순조롭게 두 판째도 다 구워졌고, 엘레로라 씨에게도 피자는 호평으로 끝났다.

엘레로라 씨가 먹어서 그런지 네 명이서 두 판은 딱 적당한 양이었다.

"확실히 조금 느끼한가. 뭔가 깔끔한 게 먹고 싶네."

"그럼 입가심으로 푸딩이라도 드실래요?"

"먹을래요!"

노아가 손을 들며 외쳤다.

"푸딩? 그게 뭐니?"

"달고 맛있는 음식이에요."

노아가 나 대신 설명해주었다.

뭐, 먹는 편이 빠르니 곰 박스에서 푸딩을 꺼냈다.

"이게 푸딩이야?"

"한 사람당 하나예요."

푸딩의 재고도 얼마 남지 않았다.

왕도로 오는 도중에, 그리고 왕도에 오고 나서 몇 개 먹었다.

게다가 달걀도 식사 때마다 쓰이고 있어서 재고가 부족했다.

크리모니아로 한 번 돌아가서 달걀을 확보해 와야 하나……. 푸딩을 먹으면서 달걀에 대해 생각했다.

"이게 뭐야? 피자도 맛있었지만 이 푸딩도 맛있어. 가게를 내도 팔릴 것 같은데?"

"혹시 가게를 낸다면 제가 매일 사러 갈게요."

모녀가 사이좋게 칭찬을 해줬다.

꼬끼오가 늘어나 달걀이 조금 더 많아지면 가능하겠지만, 지금 꼬끼오가 몇 마리 있지?

그런 부분은 리즈 씨와 티루미나 씨에게 맡겨서 파악하고 있지 않았다.

다음에 크리모니아로 돌아가면 티루미나 씨에게 물어봐야겠다.

엘레로라 씨와 노아는 푸딩을 더 먹고 싶어 했지만 재고가 허락하지 않아 참도록 했다.

무엇이든 과식은 좋지 않다.

"유나, 오늘은 고마웠어."

"저도 성 구경한 거 재미있었어요. 고마웠습니다."

거짓말은 하지 않았다. 성 내부를 구경할 수 있었던 것은 충분히 재미있었다.

물론, 가장 보고 싶어 했던 피나가 즐겼는지는 의문이지만.

다만 공주님의 방으로 불려갈 거라곤 생각도 못했다.

🎀 66 곰 씨, 노아를 위해 애쓰다

왕도로 오고 며칠이 지났다.

도적단이 소탕됐다는 보고도 받았다.

잡혀 있던 사람들도 무사히 구했다고 했다.

하지만 이미 죽어있는 사람도 있었다고 했다. 나는 받기로 했던 포상금을 피해자들과 그 가족들에게 건네 달라고 부탁했다.

아이템 봉투만은 유효하게 이용할 수 있을 것 같아 받아두기로 했다.

오늘은 피나와 노아, 미사, 이렇게 세 명을 데리고 왕도 구경을 즐겼다. 주변의 시선은 여전했지만 아이들도 있어서 위험한 곳에는 가지 않을 거라 트러블이 일어날 만한 일은 없었다.

하지만 지금 걷고 있는 곳은 모험가 길드의 근처였다. 괜찮을 거라곤 생각하지만 조금 떨어진 곳이 나으려나?

"유나 님, 앞에 소란이 일어났나 봐요."

노아가 쳐다보는 곳에는 모험가 길드가 있었다. 시선을 옮기자 모험가 길드 안으로 들어가는 모험가들이 많았다.

어느 모험가든 당황한 모습이었다.

무슨 일 있나?

"조금 신경 쓰여서 길드에 다녀올까 하는데, 세 사람은 어떻게 할래?"

"저도 갈래요."

""저도요.""

세 사람은 동행하겠다고 대답했다.

뭐, 의뢰를 받은 것도 아니니 괜찮을까. 무슨 일 있으면 길드 마스터인 사냐 씨에게 맡기면 되는 거고.

모험가 길드 안으로 들어가자 소란을 피우는 자, 걱정스러운 얼굴을 하고 있는 자, 고민하는 자 등 여러 모험가가 있었다.

그런 광경 속에서 소리를 치는 모험가의 목소리가 들려왔다.

"어떻게 된 거야?!"

"지금 길드 마스터가 조사 결과를 검토하고 있습니다. 곧 길드 에서 발표가 있을 테니 기다려주세요."

길드 직원은 따져오는 많은 모험가들에게 열심히 대응하고 있었다.

"유나 언니. 무슨 일이 있었던 걸까요?"

"그런가 보네."

우선 설명을 해줄 것 같은 사람이 없는지 둘러보았다.

길드 마스터인 사냐 씨가 있는 것도 아니었고, 손이 비어있는 길드 직원도 없었다.

"유나?"

말을 걸어오는 쪽을 돌아보니 그란 할아버지의 호위를 맡았던 마리나 일행이 있었다.

"마리나 씨. 소란스러운데, 무슨 일 있었어요?"

"아직 모르니? 아무래도 마물 무리가 발견됐다나 봐. 모험가 몇 명이 죽은 것 같아. 그 보고를 받은 길드가 조사를 했는데 어쩐지 이렇다 할 정보가 없대."

"지금까지 알려진 정보는 있나요?"

"고블린, 울프, 오크 무리가 발견됐어. 그리고 하늘에 와이번이 몇 마리 날아다니는 걸 본 모험가도 있어."

"와이번은 근처에 서식하는 마물인가요?"

"그럴 리가 없지. 왕도 근처에 와이번이 있다니 들어본 적도 없는걸."

이야기를 듣고 있는데 안쪽에서 길드 마스터인 사냐 씨가 나왔다.

길드 안은 더욱 소란스러워졌다.

"지금부터 설명할 테니 조용히 하도록."

사냐 씨의 말에 길드 안은 조용해졌다.

"정찰로 보낸 모험가들이 가지고 돌아온 정보에 따르면 고블린, 울프, 오크를 다 합쳐 1만 이상. 게다가 와이번도 수는 명확하진 않지만 확인됐다."

사냐 씨의 말에 모험가들이 또 다시 소란스러워졌다.

"지금 성에도 정보를 전하러 보냈다. 왕도에 있는 병사들과 함께 토벌하기로 했다."

그 말에 모험가들에게 안도감이 퍼졌다.

"하지만 어째서 이제껏 몰랐던 거지?"

"가도에 출현한 오크 보고는 올라와 있었다. 고블린과 울프에 대한 보고도 늘긴 했지만—."

설마, 그란 할아버지 일행을 덮쳤던 오크도 그런 거였나?

"모험가 전원은 전투 준비를 하도록. 지금 받아 놓은 의뢰는 모두 보류, 이 토벌을 가장 중요한 의뢰로 삼는다."

그렇다는 건 나도 참가해야 되는 건가?

아무래도 참가 안 할 수는 없겠지.

"마리나 씨, 그 마물이 있는 장소는 어디죠?"

"우리가 지나오던 도중에 있었던 숲이야. 아마 그때의 오크도 이거였을지도 몰라."

역시 그럴 가능성이 높겠지.

아이들 쪽을 바라보니 노아가 조금 새파래져 있었다.

"노아, 괜찮아?"

"아버님이……."

"설마 클리프 씨가 오고 있는 거야?"

분명, 자신은 늦을 거라며 노아를 먼저 왕도로 보냈다. 시기를 따져봤을 때 이쪽으로 오고 있어도 이상하지 않았다.

"응, 이제 곧 오실 거예요."

"호위도 붙어있을 테니까 무리가 습격하지 않는 이상 괜찮을 거야."

"……응."

하지만 노아의 안색은 좋지 않았다.

이곳에서 나가는 편이 좋겠다.

"세 명 모두 나가자."

불안해하는 노아를 데리고 모험가 길드 밖으로 나왔다.

데려오는 게 아니었다.

설마 이런 일이 있을 줄은 생각 못했다.

"유나 님, 아버님은 괜찮을까요?"

걱정 없다고 말하는 건 쉬웠다.

하지만 클리프가 지나는 길에 1만 마리의 마물이 있을 가능성이 있었다. 호위가 있을 거라고 해도 아무런 위로가 되지 않았다.

나는 노아의 불안해하는 얼굴을 보고 결심했다. 곰 인형을 노아의 얼굴 위로 툭 하고 올렸다.

"내가 클리프 씨 마중을 갔다 올게."

"유나 님?"

"그러니까 안심하고 집에서 기다리고 있어."

"유나 언니……."

"피나도 내가 돌아올 때까지 노아네 집에 있으렴. 미사, 두 사람을 부탁할게."

"네."

"유나 언니, 죽지 마세요."

"내가 죽을 리가 없잖아."

피나의 머리를 부드럽게 쓰다듬어 주었다.

아이들과 헤어진 후, 문을 향해 달렸다. 왕도 안을 곰 인형 옷이 달렸다.

왕도의 출입문에 도착해서 수정판에 길드 카드를 댔다.

왕도로 들어오는 사람은 많았지만 밖으로 나가는 사람은 없었다.

문지기는 내 복장을 보고 놀랐지만 멈춰 세우지는 않았다.

아직 마물 무리 발생에 대한 연락병은 오지 않은 모양이었다.

밖으로 나와 곰돌이를 소환했다.

나는 클리프를 마중하러 가기 위해 크리모니아 쪽으로 곰돌이를 달리게 했다.

아무리 그래도 클리프를 죽게 내버려 두는 건 내키지 않았다.

게다가 노아가 슬퍼하는 얼굴은 보고 싶지 않았다.

곰돌이는 최고 속도로 달렸다.

말보다도 빠르게 달렸다.

내가 강해지면 이 아이도 강해지는 걸까?

틀림없이 처음 만났을 때보다 빨라졌다.

곰돌이는 내 소원을 들어줬다.

곰돌이에게 고마웠다.

🎀 67 곰 씨, 무쌍하다

크리모니아를 향해 계속 달렸지만 클리프를 발견하지는 못했다.

탐지 스킬을 이용했기 때문에 놓치는 일은 없을 거라 생각하지만, 죽거나 하진 않았겠지.

계속 탐지 스킬을 사용하면서 달리고 있는데 탐지 스킬 영역 구석에서 마물의 반응이 대량으로 감지됐다.

다 셀 수 없을 정도로 많은 수였다.

마물 반응이 있는 쪽을 바라봤다.

근처에 숲이 보였다. 즉, 저 숲 안에 1만 마리의 마물이 있었다.

이곳에서 행동의 선택지가 늘었다.

이대로 클리프를 찾을 것인지, 아니면 마물을 토벌할 것인지.

울프, 고블린, 오크는 과거에 싸웠을 때부터 문제는 없었다.

걱정인 건 내 마력이었다. 1만 마리의 마물을 쓰러뜨릴 정도의 마력이 있을지 없을지……. 나는 내 마력의 양이 어느 정도인지 몰랐다.

이 세계로 와서 한 번도 마력이 끊길 정도로 마법을 사용한 적이 없었다. 그래서 나는 어느 정도의 마법을 어느 정도의 위력으로 내보낼 수 있는지 알지 못했다.

게다가 와이번의 힘을 몰랐다. 게임에서는 싸운 적이 있지만 이

세계에서는 없었다.

마력의 불안함과 와이번의 힘—.

클리프와 합류한 뒤에도 문제였다. 1만 마리의 마물에게 습격을 당한다면 클리프를 지키면서 싸우는 건 어려웠다.

조금 생각을 한 후, 할 일을 정했다.

노아의 웃는 얼굴을 지켜주기 위해 숲을 향해 곰돌이를 달리게 했다.

먼저 1만 마리의 마물을 쓰러뜨리면 전부 원만히 해결될 것이다.

나는 숲 입구에 섰다. 그 앞에는 1만 마리의 마물이 있었다.

"곰돌아, 여기까지 고마워."

쉼 없이 계속 달린 곰돌이를 쓰다듬으며 달래주었다.

곰돌이를 송환하고 곰순이를 소환했다.

"곰순이, 이제부터 마물들 사이를 빠져나갈 거니까 잘 부탁해."

곰순이의 목을 쓰다듬어주자 「크~응」 하고 울면서 다가왔다.

나는 곰순이에 올라타 숲 속으로 돌입했다.

숲으로 들어서자 바로 고블린 몇 마리가 덮쳐왔다.

바람의 칼날로 고블린 목을 잘라냈다.

목표로 시선을 옮겨 마법을 날렸다. 마법은 목표를 향해 알아서 날아갔다.

나는 탐지 스킬을 사용하며 고블린의 목을 잘라나갔다.

하얀 곰이 숲을 내달렸다.

그럴 때마다 고블린의 목이 날아갔다.

오른쪽, 왼쪽, 앞, 대각선으로 오른쪽 앞…… 계속 고블린을 쓰러뜨려갔다.

하얀 형체, 검은 형체, 바람 마법이 숲 속을 날아다녔다.

고블린을 얼마나 쓰러뜨렸는지는 모른다.

하얀 형체가 지난 자리에는 고블린 시체가 남아있었다.

계속 달리자 그 앞에서 고블린 무리를 발견했다. 나무들 사이를 빠져나가자 빛이 쏟아졌다.

그곳은 트여있는 공간이었다. 대다수의 고블린이 그곳에 있었다.

나는 고블린 무리를 향해 곰순이를 달리게 했다.

게임 이벤트로 하급 마물들을 토벌하는 것이 있었던 게 떠올랐다.

시간 내에 마물들을 얼마나 쓰러뜨리는지를 견주는 내용이었다.

나는 상위 랭크에 오른 적도 있었다.

마법으로 넓은 공터에 있던 고블린들을 한꺼번에 제거했다.

아직 마력은 충분했다.

탐지 스킬로 주변을 확인했다.

남아있는 고블린은 불과 몇 마리뿐. 신경 쓸 만한 수는 아니었다.

나머지는 울프 무리와 오크 무리.

마물이 언제 계속 나타날지 몰랐다. 울프보다 오크 토벌을 먼저 하기로 했다.

울프라면 무기로도 쓰러뜨릴 수 있었다. 야구공 정도의 돌이라도 좋았다.

우선 마물이 없는 곳으로 이동하여 쉬기로 했다.

곰 박스에서 차가운 오렌 과즙을 꺼내 마셨다.

잠깐 쉰 후에 곰순이에게 오크 무리가 있는 방향으로 가도록 지시했다.

"곰순아, 미안해. 조금만 더 힘내 줘."

아직 반도 끝나지 않았다.

잠시 후, 오크 무리를 만났다.

고블린 때보다 바람에 담는 마력이 늘었다.

고블린의 목과 오크의 목은 강도가 달랐다.

"2배 정도의 마력으로 날려버릴 수 있으면 좋을 텐데."

오크를 향해 바람의 칼날을 날렸다.

오크의 목이 잘려나갔다.

이 정도의 마력이면 괜찮은 것 같았다.

하지만 오크는 고블린보다 내구력, 공격력이 월등하게 높았다.

그래서 모두 원거리 공격으로 쓰러뜨렸다.

오크가 무기를 휘두르며 거구에는 어울리지 않는 속도로 달려들었다.

아처 오크!

게임에도 등장했던 활을 사용하는 오크였다.

원거리 공격 무기는 성가셨다.

바람 마법으로 곰순이를 감쌌다.

거듭 마법이 날라왔다.

"오크 메이지도 있는 거야?"

활을 가지고 있는 오크 아처.

지팡이를 가지고 있는 오크 메이지.

큰 검과 나무 막대 등의 무기를 가지고 있는 오크.

너무 성가셨다.

눈에는 눈!

땅 마법을 발동시켜 곰순이, 곰돌이와 똑같은 크기의 곰 골렘을 열 개 정도 만들었다.

그 순간, 처음으로 마력이 빠져나가는 느낌에 휩쓸렸다.

너무 많이 만들었나. 아니면 고블린을 쓰러뜨릴 때 마력을 너무 사용했나?

곰 골렘을 오크 쪽으로 달리게 했다. 그 뒤를 내가 탄 곰순이가 달렸다.

곰 골렘은 날카로운 발톱으로 오크의 목을 찔러나갔다.

나도 뒤에서 바람 마법을 사용하여 오크의 목을 잘라갔다.

곰 골렘은 활에 쏘여도 움직임을 멈추지 않았다. 마법도 받아냈다. 곰 골렘이 부상을 입으면 내가 마력을 보내 회복시켰다.

골렘이 오크의 움직임을 억압했고, 내가 마법으로 쓰러뜨렸다. 오크들에게 둘러싸여도 골렘이 막아주었다.

도대체 왜 이렇게 많은 거야?

게임이라면 「이벤트니까」 라는 한 마디로 끝나겠지만 이건 이상하잖아. 왕도 근처에 마물 무리가 이렇게나 많이 있다는 건 있을 수 없는 일이라고 들었다. 게다가 이렇게 한군데에―.

나는 눈앞에 있는 마지막 오크의 목을 바람 마법으로 잘라냈다.

끝났다.

뒤를 돌아보자 나와 곰 골렘이 지나간 자리엔 오크의 시체로 길이 만들어져 있었다.

이렇게 싸웠는데 곰 옷 덕분인지 체력적 피로는 적었다.

나는 작게 숨을 내뱉고 체내에 남아 있는 마력의 양을 확인했다.

"마력은…… 아직 있네……. 근데, 꽤 줄어든 느낌이야."

게임처럼 수치화되어 있으면 쉽게 알겠지만 역시 무리일까.

남은 마물은 울프와 와이번.

탐지 스킬로 위치를 확인했다.

이 앞에 와이번의 반응이 있었다. 오크를 쓰러뜨리는 동안 근처까지 온 모양이었다.

하지만 이상하게도 와이번은 움직이지 않았다. 하늘을 봐도 날아다니는 모습은 찾아볼 수가 없었다.

낮잠 자고 있나? 설마…….

하지만 움직이지 않고 있는 걸 확인했으니, 나도 마력을 조금이라도 회복시키기 위해 골렘을 없애고 흰 곰 옷으로 갈아입었다.

아무도 없지?

흰 곰 옷으로 갈아입자 몸이 따뜻해지고 마력이 회복되는 것을 느낄 수 있었다.

나는 마력을 회복하는 동안 토벌한 오크의 사체를 곰 박스에 담았다.

오크가 가지고 있던 검이나 활, 지팡이도 전리품으로 챙겨뒀다.

담지 않은 건 잘라낸 머리 정도였다.

그도 그럴 게 머리잖아. 가까이 하는 것도 기분 나쁘고 팔 곳도 없으니 가지고 돌아갈 필요도 없었다.

그래서 내가 지나온 길에는 오크의 사체가 아닌 오크의 머리만이 굴러다니게 됐다.

전리품을 챙기면서 돌아다닌 나는 흰 곰 옷차림 그대로 짧은 휴식을 취했다.

그리고 어느 정도 마력이 회복된 것이 느껴지자 검은 곰 옷으로 갈아입었다.

아무도 안 보고 있지?

그럼, 와이번 토벌을 하러 가볼까요.

곰순이에 올라타 와이번이 있는 곳을 향해 달렸다.

아직도 와이번은 움직이지 않고 있었다.

무슨 이유가 있나?

와이번 무리에게 다가가자 그 이유가 밝혀졌다.

"자고 있는 거야?"

천천히 다가가 확인했다. 모든 와이번이 잠들어 있었다.

이유는 몰라도 일어나기 전에 쓰러뜨리자.

곰순이 등에서 내려와 자고 있는 와이번에게 천천히 다가갔다. 그리고 한 마리씩 머리를 잘랐다.

맥이 빠질 정도로 간단히 끝나버렸다.

옆에서 머리가 잘려나가는데도 와이번은 일어나는 일이 없었다.

와이번을 다 쓰러뜨리고 곰 박스에 사체를 담았다.

이렇게 간단히 와이번의 소재를 손에 넣을 수 있다니 다행인 건가?

뭐, 이번엔 열심히 일한 보수로 받아들이기로 했다.

와이번을 곰 박스에 다 넣은 순간 지면이 흔들렸다.

"뭐야?"

땅이 솟아올랐다.

나는 뒤로 점프했다.

지면에서 튀어 나온 건 게임에서도 등장했던 마물.

지렁이를 거대화 시킨 것 같은 생물, 웜이었다.

웜은 입을 크게 벌리며 기어 나왔다.

탐지 스킬을 사용할 때 눈치 채지 못했다.

탐지 스킬이 지하 깊은 곳까지는 닿질 않았던 건지, 아니면 와이번 밑에 있어서 눈치 채지 못한 것일지도 모른다.

웜의 몸이 지면으로 나왔다. 웜이 내 쪽을 돌아봤다. 입에서 대량의 침이 흘러내렸다.

웜은 나를 먹이로 인식한 것 같았다.

"기분 나빠."

큰 입이 나를 덮쳐왔다. 나는 뒤로 물러서며 피했다.

몸집이 큰 주제에 움직임은 빨랐다.

게임에서도 기분 나빠서 싸우지 않았던 마물이었다.

피부를 공격하면 액체를 흩뿌려 악취를 뿜었다. 그리고 바로 피부가 재생하는 귀찮은 마물이었다.

하지만 지금은 곰 마법이 있었다.

내가 마법을 발동시키려 하는 순간, 웜은 몸을 휙 구부리더니 공격해왔다.

곧바로 뒤로 물러나 피했지만 커다란 몸이 계속해서 거리를 좁혀왔다.

이거 농담이지?

웜의 공격에 튕겨나갔지만 곰 장비 덕분에 데미지는 없었다.

태세를 가다듬고 바람 마법을 날렸지만 웜의 몸통을 잘라낼 수는 없었다.

화염 구슬을 날렸지만 전부 튕겨나갔다.

음, 이건 재탕인 것 같지만 블랙 바이퍼를 쓰러뜨렸을 때와 같은 방법을 쓰기로 했다.

나는 웜에서 조금 떨어진 곳에 정면으로 섰다.

웜은 입을 벌리고 기어서 거리를 좁혀왔다.

나는 미니 화염 곰 열 마리를 만들었다. 그리고 크게 벌리고 있는 웜의 입 안으로 들어가게 했다.

"가라!"

웜은 미니 화염 곰을 먹이로 착각했는지 스스로 먹어치웠다.

지능이 없네.

미니 화염 곰은 웜의 체내를 돌아다녔다. 그와 동시에 웜은 고통스러워하기 시작했다. 거구가 지면을 굴렀다. 고통스러움에 웜의 입에서 대량의 침이 흘러내렸다. 웜은 고통에서 벗어나려 체내에 있는 이물질을 토해내려 했지만 미니 화염 곰은 계속해서 웜의 체내를 돌아다녔다.

이건 거대 생물에게 최강의 마법인 것 같았다.

어떤 마물이든 생물이라면 체내는 부드러웠다.

웜은 몸을 지면에 몇 번이고 부딪치더니 서서히 움직임이 없어졌다.

"음, 이거 팔 수 있나?"

블랙 바이퍼는 고기도, 가죽도 여러 가지로 팔렸는데.

이건 먹고 싶진 않고…… 가죽은 어쩌려나?

만약 먹을 수 있다고 해도 피나와 아이들에겐 먹이게 하고 싶진 않은데…….

일단 웜의 처리는 나중에 생각하기로 하고 곰 박스에 담아뒀다.

이것으로 남은 건 울프 뿐.

와이번은 마력을 사용하지 않았고, 웜과의 싸움에서도 화염 곰 마법을 사용한 정도였다.

울프를 토벌할 만큼의 마력은 충분히 남아 있었다.

나는 얼른 울프를 토벌하고 돌아가기로 했다.

곰순이를 불러 울프 무리가 있는 쪽으로 향했다.

결론부터 말하자면 울프 토벌은 간단하게 끝났다.

힘들었던 건 토벌한 울프들을 곰 박스에 담는 작업이었다.

방치해도 상관없었지만 먹을 것이 부족한 고아원을 생각하니 아까워서 부지런히 회수하기로 했다.

곰 박스에 넣어두면 썩을 일은 없으니까.

회수 작업은 곰돌이와 곰순이에게 도움을 받았다.

모든 마물들을 회수하고 곰순이에 올라타 피비린내 나는 숲에서 나왔다.

공기가 맛있었다.

하늘을 보니 해가 저물어 저녁이 되었다.

무리해서 돌아가는 것보다는 하루 묵는 게 나으려나?

나는 곰 박스에서 여행용 곰 하우스를 꺼내 이곳에서 하루 묵기로 했다.

육체적 피로는 적었지만 그래도 매우 피곤했다.

정신적인 건가?

간단하게 저녁 식사를 한 뒤 목욕을 하고, 졸음에 못 이겨 침대 위로 쓰러지자 곧바로 꿈나라로 빠져들었다.

🎀 68 곰 씨, 교섭을 하다

아침에 일어나자 해가 뜨고 몇 시간이 지나 있었다.

조금 늦잠을 잤지만 서둘러 돌아갈 필요는 없었다.

느긋하게 아침 식사를 하고 밖으로 나오자 낯익은 얼굴이 있었다.

"클리프 씨?"

"역시, 이 곰 집은 유나였군."

"어째서, 여기에……?"

"그건 내가 할 말이야. 나는 왕도로 가는 길인 게 뻔하잖아."

주변을 보니 클리프의 호위 다섯 명이 서 있었다.

모두 클리프의 저택에서 본 기억이 있었다.

마차 같은 건 사용하지 않고 전원 말을 타고 있었다.

이런 강행군은 노아에게는 힘들었다. 그래서 내게 호위를 맡기고 먼저 왕도로 가게 했던 건가.

"저는 클리프 씨를 마중 온 건데요. 근데 그것도 필요 없어진 것 같아서 왕도로 돌아가려던 참이에요."

"나를 마중하러 왔다고?"

"이 주변에 마물 무리가 나타났었거든요. 그래서 노아가 클리프 씨를 걱정해서 제가 온 거예요."

"그렇지만 그게 필요 없어졌다는 건…… 무슨 말이지?"

"······."

그 질문에 대답하면 성가셔질 것 같았다. 그래서 묵비권을 선택했다.

"유나, 질문에 대답하지?"

클리프는 내게 대답을 요구했다.

1만 마리의 마물을 쓰렸다는 것이 밝혀지면 분명 큰 소동이 날 것이다. 그렇게 되면 나의 평온하고 조용한 생활이 무너질 가능성이 있었다.

으음, 어쩌면 좋지······.

"뭐, 블랙 바이퍼를 쓰러뜨린 너이니 마물 무리도 쓰러뜨릴 수 있겠지."

클리프의 머릿속에서는 이미 마물 무리의 토벌자가 나로 확정되어 있는 것 같았다.

그 마물의 수를 알게 되면 어떤 얼굴을 할까······.

하지만 여기서 부정하지 않으면 왕도에 도착했을 때 곤란해질 것이다. 왕도로 돌아가면 마물의 수가 알려질 테니까.

하룻밤 묵지 말고 돌아갔어야 했다.

어제의 나에게 말해주고 싶었다.

하지만 과거로 돌아갈 수 있는 것도 아니기에 어떻게든 해결해야 했다.

"클리프 씨는 귀족인데다가 엄청난 사람이죠? 나쁜 짓을 해도 한, 두 가지 쉬쉬하는 것 정도는 가능하죠?"

"너 말이야, 나를 뭐라고 생각하는 거냐. 그런 게 가능할 리가 없잖아."

"못 해요?! 하지만 클리프 씨는 귀족이잖아요?"

"네 머릿속에 있는 귀족의 모습이 어떤지는 모르지만 나는 그런 짓은 안 해."

"……"

쓸모없군. 귀족이라면 나쁜 짓 한두 가지 정도는 쉬쉬할 수 있을 거라 생각했더니.

"즉, 네 녀석이 내게 쉬쉬해줬으면 하는 게 있다는 건가?"

듣고 싶지 않다는 듯 물어왔다.

나는 그 질문에 작게 끄덕였다.

클리프는 조그맣게 한숨을 뱉었다.

"말해 봐."

나는 힐끗 클리프의 호위들을 봤다. 클리프는 내 시선을 눈치 챘는지 또 다시 한숨을 내쉬고 호위들 쪽을 봤다.

"너희들은 여기서 휴식이다. 유나, 이 곰 집 안으로 들어가도 되나?"

아무래도 곰 하우스 안에서 이야기를 들어줄 모양이었다.

나는 그 제안을 받아들이고 클리프를 데리고 곰 하우스 안으로 들어갔다.

"외관도 놀랍지만 실내 또한 놀랍군."

클리프는 곰 하우스 안을 보면서 그런 감상을 내놓았다.

"이 집에 대해서도 묻고 싶지만 지금은 네 녀석의 이야기를 듣기로 하지."

나는 클리프에게 차가운 과즙을 내어주고 마물 이야기를 시작했다.

1만 마리의 마물들이 나타났다는 이야기. 그 마물들을 쓰러뜨리기 위해 모험가와 왕도의 기사들이 움직이려 한다는 이야기.

왕도로 오고 있는 클리프가 걱정돼 노아가 울려고 했다는 이야기. 그래서 내가 클리프를 마중하러 왔다는 이야기. 하지만 그 도중에 마물 1만 마리를 발견한 이야기. 그리고 그 마물들을 혼자서 쓰러뜨려버렸다는 이야기.

마물이 1만 마리, 그 중에 와이번, 웜까지 있었다는 이야기.

그것들을 없었던 일로 하고 싶다고 말했다.

클리프는 나의 이야기를 들으면서 중간에 머리를 감싸 쥐거나 손가락으로 테이블을 톡톡 두드렸다.

"지금, 이야기를 들은 걸 매우 후회하고 있어. 하지만 그와 동시에 고마운 마음도 있어. 감사 인사를 하지."

클리프는 가볍게 고개를 숙였다.

소설이나 만화 속 이야기에서는 귀족이 평민에게 고개를 숙이는 일은 드문 일임이 분명했다.

"노아를 위해서니까 신경 쓰지 않아도 돼요."

"그렇군, 그렇다면 노아에게 고마워해야겠군. 그래서 너는 마물을 쓰러뜨렸다는 걸 묵인해줬으면 좋겠다는 건가."

"주목 받기 싫어서요."

"어째서? 영웅이 될 거라고. 돈도 명예도 손에 넣을 거야."

"관심 없어요. 저는 평온하게 즐기면서 살고 싶은 걸요. 그러니 이번 일은 아무 것도 없었던 걸로 하고 싶어요."

"하지만 1만 마리의 마물에, 와이번에, 거대한 웜이라니…… 믿기지가 않는군."

"그렇다면 확인해 보실래요?"

보여주는 편이 진실성도 높아지고, 믿어주겠지.

"그래. 일단 부하들에게 숲을 조사해보라고 하는 게 먼저겠어. 현재로써는 네 말뿐이니 말이야."

내 말이 옳다면 숲에는 고블린의 사체가 뒹굴고 있을 터였다.

클리프는 밖으로 나가 호위들에게 숲을 수색하라 명령했다.

"고블린의 사체가 확인된다면 돌아와라."

나는 적당히 방향을 알려줬다. 호위들은 숲으로 향했다.

"그럼, 그 토벌한 마물을 보여 주게."

나는 클리프의 부하가 보이지 않아졌을 즈음, 와이번을 전부 꺼냈다.

클리프의 얼굴이 놀라움으로 변했다.

또한 웜의 사체도 꺼냈다.

클리프의 얼굴이 경악으로 물들었다.

이어서 수많은 오크를 꺼내 늘어놨다.

"이제 꺼내지 않아도 돼."

"울프도 있는데요."

"아니, 이미 충분해. 넣어줘."

클리프가 그렇게 말해서 꺼냈던 마물을 다시 담았다.

새삼 웜을 보니 징그러웠다. 나는 벌레 쪽 계열은 좋아하지 않았다. 은둔형 외톨이인 내가 벌레를 만졌던 건 유치원 때가 마지막이었다. 그런 내가 벌레를 좋아할 일은 없었다.

마물을 모두 곰 박스에 담고 클리프 쪽을 보자 이마를 짚고 있었다.

"농담이라 생각하고 싶군."

"차라리 아무 말 않는 건요?"

"네 이야기에 따르면, 이미 모험가와 왕도의 병사들도 이쪽으로 오고 있겠지. 분명 누가 쓰러뜨렸는지 소란이 일어날 거야."

"하지만 아무도 못 봤으니 조용히 있으면 나라는 게 들키지 않을 거예요."

"네 녀석……."

클리프는 아연한 표정을 지었다. 그렇게 이상한 말을 했나?

조용히 한다고 해도 누구도 곤란할 건 없었다. 마물은 없고, 위협도 사라졌다. 아무런 문제가 없을 거라고 생각하는데……

"적어도 길드 마스터에게는 보고해야지 수습이 될 거야."

『갔더니 마물은 없었습니다』 작전은 안 되는 것 같았다. 좋은 아이디어라고 생각했는데 말이지.

클리프는 혼자서 여러 가지 생각을 해주었다.

"우선은 숲을 조사하러 보낸 자들의 보고를 듣고 생각하지."

잠시 후, 호위들이 숲에서 돌아왔다. 보고를 들은 클리프는 오늘 몇 번째인지 모를 이마를 짚는 행동을 취했다. 나 때문은 아니겠지……?

그렇게 고심한 결과, 클리프는 여기로 오고 있을 거라 생각되는 길드 마스터와 이야기를 나누기로 한 모양이었다.

사냐 씨는 묵인해줄까?

뒷일은 될 대로 되는 수밖에 없었다.

나는 클리프와 함께 왕도로 가기로 했다.

말의 속도에 맞추자 숲으로 올 때와는 달리 속도가 떨어졌다.

말을 달리게 한 지 반나절 만에 길드 마스터 일행을 찾을 수 있었다.

게다가 타이밍 좋게 휴식을 취하는 중이었다.

나는 모험가들이 놀라지 않도록 곰돌이를 송환한 후, 클리프의 말에 올라타 길드 마스터 일행에 합류했다.

나에 대해 알고 있는 모험가들, 혹은 모르는 모험가들의 시선이 이쪽으로 향했다.

"이런, 도망쳤던 유나잖아?"

길드 마스터인 사냐 씨를 만나자마자 그런 말을 들었다.

아무래도 나는 도망친 것으로 되어 있었던 모양이다.

뭐, 내 모습이 눈에 띄기도 하고, 왕도 출입문에서 빠져나갔다는 건 알려졌겠지.

그렇게 생각하니 왕도에서 도망쳤다고 생각되어도 어쩔 수 없는 건가?

"그쪽은……."

"오랜만이네, 사냐. 1년 만인가?"

"……클리프, 오랜만이야. 부인에게는 항상 신세지고 있어."

"그렇군, 그 사람도 건강한가……."

"그건 그렇고, 어째서 네가 유나와 같이 있는 거지?"

"아, 유나는 딸의 의뢰로 말이지. 내 호위를 부탁 받았거든."

그렇게 이야기가 됐다. 그 편이 이야기를 진행시키기 쉬운 모양이었다.

"그렇다고 해도 이번 토벌에서 도망친 것에는 변함이 없지."

"그렇게 말하지 마. 유나는 나를 위해 와줬던 거야. 귀족을 지키는 건 마물을 쓰러뜨리는 것과 같은 중요한 임무잖아."

"알았어. 하지만 유나는 지금부터라도 마물 토벌에 참가해줬으
면 하는데. 타이거 울프, 블랙 바이퍼를 쓰러뜨릴 수 있는 사람을
이대로 왕도로 보낼 정도의 여유는 없어."

"그 이야기 말인데, 잠깐 괜찮나?"

클리프가 말하기 어렵다는 듯 입을 열었다.

그렇게 말하기 싫으면 『갔더니 마물은 없었습니다』 작전으로 진
행하면 될 것을…….

"뭐야? 갑자기……."

우리는 사냐 씨를 데리고 자리를 옮겼고, 클리프는 주변에 사
람이 없는 것을 확인했다.

"그 건 말인데, 곤란한 일이 생겼어. 그래서 길드 마스터인 네게
힘을 빌리고 싶은데."

"뭐지?"

클리프가 진지한 눈빛으로 말하자 사냐 씨도 진지하게 물었다.

"와이번을 포함한 마물 1만 마리를 유나가 혼자서 쓰러뜨렸어."

"……응?"

클리프의 말에 사냐 씨가 놀란 표정을 지었다.

"그리고, 거대한 웜이 있었다더군."

"……거대한 웜?"

사냐 씨는 믿기지 않는 듯 되물어왔다.

"증거라면 이 녀석이 가지고 있기도 하고, 나도 확인을 했어. 여

기서 꺼내면 큰 소란이 날 테니 삼가 했으면 좋겠어."

"어째서? 꺼내면 되잖아."

"유나가 쓰러뜨렸다는 걸 말하지 않길 바라. 이런 모습을 하고 있는 주제에 본인은 평온하게 살고 싶다는군."

"음, 농담이지?"

"뭐에 대해서? 마물을 쓰러뜨린 것에 대한 거야? 아님 이런 모습을 하고 평온이라는 말을 하는 것에 대해서야?"

"둘 다야."

어쩐지 두 사람 모두 내가 조용히 듣고 있다고 생각하고는 말하고 싶은 대로 말했다.

"그래서 이렇게 상담하러 왔어."

"……유나, 자세히 설명해줘."

사냐 씨는 진지하게 내 쪽을 바라봤다.

나는 숲 속에서 있었던 일들을 설명했다.

"즉, 지금 숲 속에는 대량의 고블린 사체와 오크의 머리가 널브러져 있다는 거네."

"수는 정확히 모르지만 고블린 사체와 오크의 머리는 필요 없어서 방치해둔 그대로예요."

"고블린 사체는 내 부하에게 확인시켰으니 틀림없어."

사냐 씨는 조금 전 클리프와 같이 머리를 감쌌다.

"좋아해야 하는 건지, 곤란해야 하는 건지…… 고민되는데?"

"좋아하면 되잖아."

"유나, 정말 괜찮니? 영웅으로서 명성, 영예, 돈, 그 모두를 손에 넣을 수 있어."

"필요 없어요."

그것과 맞바꿔진 자유가 없어진다면 필요 없었다.

"모험가라면 원하는 것들일 텐데."

사냐 씨는 한숨을 내쉬었다.

"알았어. 좋은 쪽으로 생각해보자. 아무도 안 죽고 마물을 토벌할 수 있었어. 문제인 건 누가 토벌했냐는 거야."

"어떻게 하지?"

"랭크 A의 모험가가 와서 쓰러뜨렸다고 할게. 그리고 고블린 이외의 소재는 모두 가져갔다고 하지."

"그 랭크 A의 모험가는 누구로 할 건데?"

"누구든 좋아. 수수께끼의 랭크 A로 해둘게."

"웜은 어떻게 할 거야?"

"그거야말로 묵인하면 되지."

이야기가 정리됐다.

사냐 씨는 모험가를 모두 모아 설명을 시작했다.

"모두 들어라. 마물 1만 마리와 와이번은 랭크 A의 모험가에 의해 토벌됐다는 얘길 보고 받았다."

"랭크 A 모험가?"

"그런 모험가가 있었어?"

"길드 마스터, 그 랭크 A의 모험가가 누구죠?"

"그건 극비야. 대다수의 랭크 A의 모험들이 자유인이라는 건 알고 있겠지."

그 말에 모두가 납득했다.

랭크 A인 모험가들은 그런 거야?

"보고에 따르면 현재 남아 있는 건 고블린의 마석이 딸려있는 사체와 오크의 머리뿐이다. 그러므로 왕도로 돌아갈 사람과 고블린의 후처리를 할 부대로 나누도록 하지."

"정말 없는 거예요?"

"없다. 그런 거짓말을 해서 어디에 쓰지? 보수는 고블린의 마석. 단, 해체가 끝나면 고블린의 사체는 처리할 것. 귀환할 자들에게는 보수가 나오지 않는다. 자유롭게 정해라."

사냐 씨의 설명에 랭크가 높은 모험들 대부분은 돌아가기로 했다.

하위 랭크의 모험가들은 고블린의 마석을 구하러 가기로 한 것 같았다.

사냐 씨는 왕도에 알리기 위해 현장을 확인하면 바로 왕도로 돌아가겠다고 했다.

그래서 자신을 대신해 고블린 해체 및 정리 일을 길드 직원에게 지시하고 있었다.

아무래도 무사히 토벌한 것은 수수께끼의 랭크 A 모험가로 마무리된 것 같았다.

"클리프 씨, 고마워요."

"신경 쓰지 마. 인사는 내가 해야지."

"그럼, 저는 먼저 돌아갈게요."

"같이 안 가는 거야?"

"제 곰이라면 몇 시간 안에 돌아갈 수 있어서요."

"그렇군, 대단해."

나는 곰돌이를 불러내 왕도로 향했다.

69 곰 씨가 모르는 사이,
사건은 일어났다

한 마법사가 있었다.

10년 전, 마법사는 왕도에서 추방당했다.

그저 범죄자들을 제물로 삼아 마법을 썼을 뿐이었는데, 한 쪽 팔이 잘리고 왕도에서 추방당했다.

마법사는 복수를 다짐했다.

내가 무슨 짓을 했다는 거지?

저 국왕은 용서 못해.

단순히 죽이는 방법으로는 끝내지 않아.

그가 지키고 있는 나라를 무너뜨려주겠어.

파괴하겠어.

국민들을 죽이겠어.

절망을 주겠어.

산 채로 자신의 나라가 멸망하는 모습을 보여주겠어.

그렇게 다짐하고 10년이 지났다.

고블린, 울프, 오크를 모았다. 그 수는 1만.

와이번은 열 마리. 그리고 웜을 부릴 수 있었다.

드디어 복수의 때가 왔다.

남자는 매우 기뻤다.

드디어 여기까지 온 것이다.

남자의 몸은 야위었고 얼굴에는 생기가 없어졌다.

그저, 복수심을 가지고 국왕에게 절망을 안겨주기 위해서만 살아왔다.

우선은 국왕이 절망하는 얼굴을 보고 싶었다.

남자는 왕도로 향했다.

그리고 성 안으로 침입했다.

남자는 과거에 이곳에서 일한 적이 있었기 때문에 샛길 한두 군데 정도는 알고 있었다.

아무도 눈치 채지 못하도록 국왕이 있는 집무실로 들어갔다.

"네 놈은 누구냐."

"잊으셨나요. 10년 전에 추방당했던 굴잠입니다."

"……굴잠."

국왕은 바싹 마른 남자가 누군지 몰랐다.

10년 전과는 너무나도 바뀌어 있었고, 이 남자가 성 안에 있는 것 자체가 있을 수 없는 일이었기 때문이었다.

"어째서 네 놈이 여기에 있는 게냐."

"물론, 당신을 위해서지요. 아, 사람은 부르지 마세요. 이야기를 하러 왔을 뿐이니까."

"이야기라고?"

"지금, 이 근처에서 마물 무리가 발견돼 큰일이라지요."

"어째서 그걸 네놈이 알고 있는 거지?"

"그야 당연히 제가 당신에게 복수를 하기 위해 모았기 때문이죠."

"복수?"

"네. 복수, 원한, 증오, 미움, 뭐든 상관없습니다. 저는 당신이 고통스러워하는 모습만 보고 싶을 뿐입니다."

"그렇다면 충분히 봤지 않느냐."

국왕은 마물의 수에 다소 고통을 받고 있었다.

크고 작은 피해가 나오고 있는 건 틀림없었기 때문이다.

"아뇨, 멀었습니다. 당신의 나라가 와이번에 의해 파괴되고, 오크로 인해 국민들이 습격 받아 죽고, 고블린과 울프가 나라 안에서 날뛰어 아이들을 죽이는 모습에 절망에 곤두박질치는 당신의 모습이 보고 싶습니다."

굴잠은 말을 하는 것만으로 기쁜 듯 했다.

"네 녀석……."

"저를 죽이려고 해도 소용없어요. 탈출 수단도 없이 왔을 리가 없잖습니까."

국왕은 손에 들었던 검을 휘두르려다가 멈췄다.

"제가 마법을 발동하면 마물들은 이 왕도를 향해 올 겁니다. 며칠 후면 이 왕도를 마물이 습격하겠죠. 그리고 제가 죽어도 마법은 발동합니다. 당신은 어느 쪽이 됐든 조용히 지켜볼 수밖에 없습니다."

"이 나라에는 모험가도, 병사도, 기사도 있다. 그렇게 간단하게 왕도를 무너뜨릴 수 있을 거라 생각하지 마라."

"물론 무너뜨릴 거라고는 생각하지 않아요. 절반이어도 괜찮죠. 와이번으로 문을 파괴한 후, 마물들이 진입하는 것만으로도 상관없습니다. 그것만으로 어느 정도의 국민이 죽을까요?"

굴잠은 미소를 지었다.

"이미 마물 토벌을 위해 모험가들이 출발했다. 병사도 준비를 시키고 있지. 모험가와 병사가 희생될지도 모르지만 국민은 지켜내겠어."

"모험가들만으로 마물은 쓰러뜨릴 수 없습니다."

"뭐라고?"

"강대한 웜을 준비했습니다. 모험가들은 맛있는 먹이가 되겠죠. 그리고 더한 먹이를 찾으러 왕도로 올 것입니다."

"네 이놈—!"

"웜을 쓰러뜨리지 못하면 고블린, 울프를 쓰러뜨릴 수도 없을 겁니다. 이 나라는 파괴될 겁니다. 당신의 고통스러워하는 얼굴을 볼 수 있다는 뜻이죠."

"웃기지 마라!"

"웃기는 게 아니에요. 내 목숨을 걸고 만들어낸 마법…… 쿨럭!"

굴잠은 입에서 피를 토해냈다.

"이 마물들을 조종하는 마법은 말이죠, 조금 융통성이 없어요.

내 마력, 생명력을 빼앗아 가고 있죠. 마지막까지 당신의 괴로워
하는 모습을 볼 수 없는 게 유감이지만 도중까지 즐기기로 하죠."

굴잠은 마법을 발동시켰다.

마력이 전부 빠져나갔다.

불과 조금 남아있던 생명력도 빠져나갔다.

"굴잠!"

"이것으로 윔도 눈을 뜨고, 와이번과 마물들이 왕도를 향해 오
겠죠. 저는 당신의 고통스러워하는 얼굴을, 왕도가 파괴되는 모
습을, 어디선가 구경하고 있겠습니다."

굴잠은 고통스러워하면서도 웃는 얼굴로 모습을 감춰버렸다.

"굴잠—!!"

국왕의 외침은 굴잠에게 닿지 않았다.

"무슨 일이십니까, 폐하?!"

그리고 국왕의 외침에 근위병이 달려왔다.

"바로 장그를 불러라."

"네!"

근위병은 경례를 하고 달려 나갔다.

곧이어 수염이 난 연배가 지긋한 남자가 집무실로 들어왔다.

이 나라의 재상인 장그였다.

"폐하, 부르셨습니까."

"지금 바로 기사, 병사, 마법사들을 모아 마물 토벌을 가게 하라."

"지금 엘레로라가 준비하고 있습니다."

"마물 중에 웜이 있는 것을 전하고 그것에 대비하라고 전하라."

"웜이라 하셨습니까?"

"그래. 이대로라면 왕도에 있는 모험가의 대부분이 허무하게 죽어나갈 게야."

"폐하, 그 정보는 어디서—."

"지금은 시간이 없다. 나중에 설명하지. 그러니 서둘러라."

"네."

장그는 서둘러 방에서 나갔다.

"늦지 않길……."

그렇게 생각했지만 웜을 쓰러뜨리려면 어느 정도의 피해가 생길지 알 수가 없었다.

굴잠은 탄신제 때, 사람이 모일 때를 노리고 있었다고 생각됐다.

쓰러뜨리지 못하면 피해는 터무니없이 커질 것이다. 실력 있는 기사와 마법사를 서둘러 보내지 않으면 큰일이 일어날 것이다.

왕도에서 모험가들이 먼저 출발했고, 다음 날에는 기사, 마법사, 병사가 출발했다.

굴잠이 나타나고 며칠 후에 뜻밖의 보고가 도착했다.

랭크 A의 모험가가 마물을 모두 토벌했다고 했다.

국왕은 할 말을 잃었다.

그 보고는 모험가 길드의 길드 마스터로부터의 편지였다.

신뢰성이 있는 것이었다.

일단 안도했지만 랭크 A의 모험가라니, 누구지?

우연히 맞닥뜨린 건가.

의문은 여러 가지 남았지만 위험이 사그라졌다는 것은 알 수 있었다.

다음은 왕도 어딘가에 있을 굴잠을 찾아내는 것이었다.

하지만 국왕이 집무실에 혼자 있게 되자 어디에서랄 것도 없이 굴잠이 나타났다.

"무슨 의도이신 겁니까? 병사, 모험가가 돌아오고 있습니다만."

굴잠은 차갑고 낮은 목소리로 국왕에게 물었다.

"네 놈이 준비한 마물들은 랭크 A인 모험가가 전부 쓰러뜨렸다더군."

"랭크 A 모험가? 그럴 리가…… 상위 랭크의 모험가는 멀리 있을 터……. 제가 그렇게 만들었으니까 말이죠."

"나도 모른다. 길드 마스터의 보고 편지에 그렇게 쓰여 있었다."

"거짓말— 퀵!"

굴잠은 피를 토했다.

"내 복수는 아무것도 못하고 끝나는 건가. 그 누군지도 모르는 모험가 때문에……. 내 계획은 완벽했는데……."

굴잠은 절망감이 만연한 얼굴로 국왕을 노려봤다.

"뭐지? 어째서 당신은 웃고 있는 거야."

"이것으로 끝이다."

국왕은 검을 뽑아, 굴잠을 베어버렸다.

굴잠에게는 현재 피할 힘도, 도망칠 생각도 없었다.

다만, 복수를 못했다— 그 생각만으로 가득해 있었다.

국왕은 근위병을 불러 굴잠의 사체를 처리시켰다.

"그 모험가에겐 감사 인사를 해야겠군."

왕도를, 국민을, 모험가를, 병사의 목숨을 지켜줬으니—.

🎀 70 곰 씨, 국왕을 만나다

혼자 먼저 돌아온 나는 피나를 데리러 노아네 저택으로 향했다.

왕도 안은 아직도 소란스러웠다.

하지만 조금 지나면 소식통이 도착할 테니 금방 사그라들 것이다.

노아네 저택에 도착하자 화단을 함께 만들었던 스릴리나 씨가 거실로 안내해주었다.

잠시 기다리고 있으니 달려오는 발소리가 들렸고, 곧이어 문이 힘차게 열렸다.

"유나 언니!"

"유나 님!"

피나와 노아 두 사람이 방으로 들어왔다.

"둘 다 괜찮니?"

"유나 언니야말로 괜찮으세요?!"

"괜찮아. 마물은 전부 토벌됐어."

내가 그랬다고는 말하지 않았다.

"유나 님, 그래서 아버님은요?"

"클리프 씨는 모험가들과 같이 올 테니 걱정 마."

"정말인가요?"

노아에게 미소가 돌아왔다.

다행이었다. 어린 아이에겐 미소가 제일이었다.

"노아도 피나를 맡아줘서 고마워."

"아뇨, 친구니까 당연한 걸요."

"노아 님……."

노아의 말에 피나는 기뻐했다.

며칠 후, 모험가와 병사들이 돌아왔다.

그들과 함께 있었던 클리프도 무사히 도착해서 노아와 가족들과 재회했다.

그리고 길드 직원이라고 말하는 자가 나타나 나에게 모험가 길드로 출두하라고 명령했다.

"어서 와, 유나."

사냐 씨가 있는 방에 단둘이 있게 됐다.

"무슨 일이세요?"

"응, 조금 곤란한 일이 생겼지 뭐야."

사냐 씨가 시선을 피하면서 말을 이어갔다.

"국왕 폐하께서 말이지. 유나……라고 해야 하나 가상의 랭크 A 모험가를 만나고 싶어하셔."

"국왕이……. 거절하는 건―."

"그게, 꼭 만나보고 싶다고 하셔서 말이야. 이름을 알려달라고까지 하셨어. 아, 하지만 당연히 유나에 대해선 말하지 않고 있어."

234

『국왕＝성가신 일』이라는 공식이 머릿속에서 완성됐다.

"사냐 씨, 고마웠어요. 저는 여행을 떠날 테니 부디 찾지 말아 주세요."

흔히 있을 법한 문장을 읊어갔다.

"잠깐 기다려. 도망치면 지명수배가 될 거야. 도망치면 이름 말해버릴 거야."

"협박하시는 거예요?"

"서로 타협점을 찾자는 말이야. 유나는 토벌한 일을 알리고 싶지 않다는 말이잖아."

"네."

"그렇다면 국왕 폐하께만은 얘기하는 건 어때? 폐하께는 아무에게도 말하지 않도록 부탁드려 볼 테니까."

"그런 게 가능해요?"

일국의 왕이었다.

그런 부탁에 응해줄까.

하물며 누군지도 모르는 모험가를 호위도 붙이지 않고 만날까.

"약속은 지키는 편이시니까 약속이 성립된다면 가능해."

"약속이 성립되지 않으면—"

"대대적으로 영웅 대접을 받거나 훈장을 수여하시거나. 탄신제 때 국왕 폐하 옆에 서서 악수를 한다거나……."

"음, 얼마나 이동하면 다른 나라로 갈 수 있죠? 되도록이면 이

나라의 힘이 뻗치지 않을 정도로 멀었으면 좋겠는데요."

곰 이동 문이 있으니까 피나와 다른 사람들을 만나는 데에 문제는 없었다. 거주 장소가 바뀌는 것뿐이었다.

"그러니까 유나, 하루만 시간 좀 내줘. 만일 폐하께서 약속해주시면 폐하를 만나주지 않겠어? 왕도에서 도망치는 거라면 그 후에 해도 늦지 않잖아."

확실히 영웅으로 추대 받게 될 것 같으면 도망치면 그만이었다.

나는 떨떠름해하며 사냐 씨의 제안을 받아들이고 길드에서 나왔다.

모험가 길드에서 돌아와 피나와 빈둥거리고 있는데 저녁쯤 사냐 씨가 곰 하우스로 찾아왔다.

"늦은 시간에 미안해."

"괜찮아요. 국왕 폐하께 이야기는 하셨나요?"

"응, 폐하께서 혼자서 만나주신다고 하셨어."

"정말 폐하 혼자서요? 왕인데요? 나라에서 가장 높은 사람이라고요. 제가 암살자이기라도 하면 어쩌시려고요."

"일단 나도 동석은 할 거야. 게다가 폐하께서 어떻게든 마물을 쓰러뜨린 인물을 만나 감사 인사를 하고 싶으신가 봐. 그래서 내 부탁은 전부 받아들여 주셨어."

그렇게까지 해주면 거절할 수는 없었다.

"그래서 언제 만나러 가면 되죠?"

"내일 아침, 데리러 올게."

나는 중요한 질문을 하기로 했다.

"이 복장으로 가도 돼요? 안 된다면 오늘 밤 중에 왕도를 떠날 건데."

이 곰 옷차림이 아니면 무슨 일이 있을 경우, 도망치는 것도 불가능했다.

"괜찮아. 폐하께 이상한 복장을 하고 있는데 그래도 만나시겠냐고 물었거든. 그랬더니 상관없다고 대답하셨어."

사냐 씨가 그렇게까지 해주면 나는 수긍할 수밖에 없었다.

마음이 무거운 채로 다음날이 왔다.

사냐 씨가 오지 않기를 기도했지만 기도는 하늘에 닿지 않았고, 그녀가 마중을 왔다.

피나에게는 집을 지켜 달라 부탁하고, 나는 사냐 씨와 함께 성으로 향했다.

성에 들어서자 지금은 만나고 싶지 않은 사람이 있었다.

"어머, 유나. 게다가 사냐잖아. 두 사람이 이곳에 무슨 일이야?"

성 안에서 엘레로라 씨를 만나버렸다.

성이 근무처인 엘레로라 씨를 만날 가능성은 충분했다.

하지만 이렇게 넓은 성 안에서 만나다니 타이밍이 너무 안 좋다.

"나랑 유나는 성에 잠깐 볼 일이 있어서 왔어."

클리프와도 그랬지만 사냐 씨는 엘레로라 씨와도 허물없이 말했다.

"어머나, 그랬구나. 어디 가는데? 나도 같이 갈래."

"그건……."

"어머, 사양하지 않아도 돼. 나 지금 한가하니까."

"일은 괜찮으세요?"

"부하가 우수해서 괜찮아."

그 말에 사냐 씨는 곤란해 했다.

물론 나도 곤란했다.

그런 우리 두 사람의 얼굴을 보고 엘레로라 씨가 웃기 시작했다.

"후훗, 미안. 두 사람 모두 그런 곤란한 얼굴 하지 마. 클리프에게 마물에 대해서 들었어. 물론 아무에게도 말하지 않았으니 걱정 마. 지금부터 폐하가 계신 곳으로 가는 거지?"

입단속을 했는데 클리프가 발설한 모양이었다. 입이 가볍네.

"성격 안 좋네. 엘레로라."

"그렇지만 유나가 내게 말 안 해줬잖아."

"어쩔 수 없잖아요. 엘레로라 씨는 성의 관계자니까요."

"그렇다고 해서 클리프까지 입단속 시킬 건 없잖아. 입 열게 하기 힘들었다고."

클리프, 애썼구나.

그런 거라면 화를 낼 수 없잖아.

그런데 어떻게 입을 열게 한 거지?

"이야기를 들었으면 엘레로라도 진짜 같이 갈래?"

사냐 씨가 엘레로라 씨에게 물었다.

"응, 갈래. 클리프에게 들은 이야기도 있으니 도움은 될 거야."

그렇게 우리는 국왕이 있는 집무실로 향했다.

입구에는 근위병이 서 있었다.

이미 얘기가 전달됐는지 근위병은 사냐 씨를 보고 집무실 안으로 통과시켜주었다.

내 모습을 봤을 땐 무언가 말하고 싶어 하는 것 같았지만 아무런 말없이 방 안으로 들여보내주었다.

"잘 왔네……."

안으로 들어서자 마흔은 넘었을 것 같은 잘생긴 아저씨가 있었다.

이 사람이 국왕인 건가? 하지만 만화처럼 왕관은 쓰지 않았네.

국왕이 나를 보고 말을 삼켰다.

"엘레로라도 있군."

"마물을 쓰러뜨린 모험가가 내 지인이거든요."

엘레로라 씨는 내 쪽을 바라봤다.

그에 따라 국왕의 시선도 재차 내게로 향했다.

"그래, 랭크 A 모험가를 데려왔다고 들었는데 그 이상한 복장을 한 여자아이는 누군가?"

"폐하, 죄송합니다. 랭크 A 모험가는 없습니다. 마물 무리를 쓰러뜨린 건 이 여자아이가 혼자서 한 일입니다. 이 여자아이가 쓰러뜨렸다고 말씀드리면 믿지 않으실 것 같아 랭크 A의 모험가라고 속였습니다."

사냐 씨가 사죄를 하면서 이번 일을 보고했다.

"농담을 들을 여유는 없다. 모험가는 언제 오는 거지?"

국왕이 화를 냈다.

지당한 일이었다.

갑자기 마물을 쓰러뜨린 게 랭크 A 모험가가 아니라 곰 옷차림을 한 여자아이라고 하면 화가 나겠지.

"그래서 만나 뵙게 하고 싶지 않았던 겁니다. 폐하, 이건 사실이니 믿어주셔야 합니다. 길드 마스터인 제가 보증하겠습니다."

"나도 보증할게요."

사냐 씨의 말에 엘레로라 씨도 동의했다.

"그대도 말인가."

국왕이 엘레로라 씨 쪽을 본 후 다시 나에게로 시선을 옮겼다.

"정말로 네가 쓰러뜨린 게냐. 그 이상한 후드를 벗고 얘기해보아라."

그러고 보니 너무 긴장한 나머지 국왕 앞인데 곰 후드도 벗지 않고 있었다.

나는 곰 후드를 벗고 인사를 했다.

"모험가인 유나입니다."

"아직 어린 아이지 않나. 정말 네가 1만이 넘는 마물들을 혼자서 쓰러뜨린 거린 게냐."

작지만 열다섯 살입니다.

"사냐, 쓰러뜨린 마물 확인은 어떻게 했지? 확인은 확실하게 했겠지?"

"고블린과 오크는 확인했습니다."

오크는 머리를 말하고 있는 건가?

"울프, 와이번, 게다가 웜은 어떻게 됐지?"

웜이라는 말에 사냐 씨가 놀랐다. 웜이 있었다는 건 나와 클리프, 사냐 씨만 알고 있는 것이었다.

"폐하, 웜에 대해서는 어떻게 아셨습니까?"

"이번 마물 소동을 일으킨 장본인에게 들었다."

"그 말씀은……."

"지금 그 얘기는 됐네. 그래, 어떻게 됐지?"

"그것들은 그녀의 아이템 봉투에 담겨 있습니다."

"아이템 봉투라니?"

"그녀의 아이템 봉투는 최상급 아이템 봉투입니다."

"그런 걸 이 소녀가……."

"정말이에요. 클리프가 확인 했어요."

"당장은 믿을 수가 없군. 하지만 마물의 위협이 없어진 건 사실이야. 너희가 이런 거짓말을 내게 할 이유는 없지."

국왕은 잠시 생각하고 천천히 다가와 내 앞에 섰다.

가까워. 하지만 뒤로 물러날 수는 없겠지.

내가 가만히 서 있자 국왕의 시선이 똑바로 나를 바라봤다.

"고맙네. 왕도에 사는 국민들, 모험가들, 병사들의 목숨을 구해
준 것에 대해 감사를 표하지."

머리는 숙이지 않았지만 국왕에게 감사 인사를 받았다.

"……아뇨, 딱히 마물을 쓰러뜨린 건 겸사겸사……."

"……겸사?"

이런, 대답하기 곤란해져서 본심이 나와 버렸다.

"후후후, 맞아요. 유나는 제 딸을 위해 마물을 쓰러뜨려준 거
예요."

엘레로라 씨는 미소를 띠며 나를 안아왔다. 그리고 마물을 쓰
러뜨린 이유를 유쾌하게 말하기 시작했다.

"여자아이가 울 것 같았다. 그런 이유로 쓰러뜨린 건가."

국왕이 어이없는 얼굴을 했다.

"어머, 충분한 이유잖아요. 지키고 싶은 사람을 위해 싸운다는
건."

"알고 있다. 하지만 이걸 계획한 자가 들으면 분해서 죽어도 죽
지 못할 것 같다는 생각이 들어서 말이야."

""계획한?""

사냐 씨와 내 목소리가 겹쳤다.

"그래, 당사자인 너희들에게는 이야기를 해도 괜찮겠지."

국왕은 이 마물 습격 미수 사건은 한 남자가 복수를 위해 일으킨 것이라고 설명해줬다.

마물을 조종하는 마법, 그런 게 있구나.

게임에서도 마물을 다스려 동료로 만드는 건 가능하지만—.

들은 이야기로는 다른 것 같았다.

생명을 소모하다니 그런 마법은 알지 못했다. 뭐, 게임에서는 그렇게까지 설정하지 않았다.

이 세계에 있는 저주 마법인 걸까.

그런 생각을 하고 있는데 문 밖이 소란스러웠다.

"안 됩니다, 플로라 님. 안에는 손님이 계세요."

문이 살짝 열리고 목소리가 들려왔다.

"싫어. 곰 님을 만날 거야."

"제발 부탁드립니다."

"싫—."

"무슨 일이냐."

"플로라 님이 곰 님을 만나고 싶다 하십니다."

근위병이 문을 열고 설명한 순간, 플로라 님이 작은 체구를 이용하여 방 안으로 스르륵 들어왔다.

"곰 님!"

플로라 님이 나에게 안겨 들었다.

"또 만났다!"

기쁜 듯 머리를 내 배에 비비적거렸다.

"뭐지? 자네, 플로라와 알고 있나?"

"전에 저와 성에 왔을 때 플로라 님을 만났어요."

내 대신 엘레로라 씨가 설명해줬다.

"설마 그 곰 그림책이―."

"보셨어요? 그거, 유나가 그린 거예요. 잘 그렸죠?"

"음, 사랑스러운 그림이었지. 누가 그렸는지 플로라에게 물어도 곰 님이라고만 대답해줘서 말이야. 하지만…… 납득이 가는군."

국왕은 새삼 나를 바라봤다.

곰입니다만, 문제라도?

"곰 님, 놀자."

"으응, 어쩌지……."

나는 모두를 바라봤다.

"이야기는 끝났으니 상관없다. 나중에 연락을 할지도 모르니 연락처는 알려주게."

"그렇다면 제가 연락망을 할게요."

그렇게 엘레로라 씨가 연락을 맡아줬다.

"그리고 클리프에게도 이야기를 듣도록 하지. 나중에 부르겠다고 전해라."

아무래도 클리프는 국왕에게 호출을 당할 것 같았다.

클리프에게는 마음속으로 사과를 해두었다.

하지만 이번 일은 무사히 끝날 듯 했다.

나는 끌어안고 있는 플로라 님 쪽을 봤다.

그러자 꼬르륵~ 하고 작게 배가 울리는 소리가 들렸다.

"플로라 님, 배고프세요?"

"응."

점심까지는 아직 시간이 있었다.

곰 박스에는 푸딩이 들어있었다.

이 정도면 괜찮으려나?

하지만 공주님께 음식을 드려도 되는 건가?

"저, 플로라 님께 먹을 것을 드려도 될까요?"

뭐, 안 될 거라고 생각하지만 일단 확인했다.

"상관없다."

하지만 예상 밖의 말이 돌아왔다. 먹을 거라고요. 위험한 것일

수도 있잖아.

그런데 그렇게 간단하게 허가를 내려도 되는 거야?

내가 독극물을 주면 어쩌려고…….

"물어놓고 뭐하지만, 정말 괜찮나요? 독이 들어 있다거나…….."

"뭐지? 독극물을 먹일 건가."

"그건 아니지만…….. 왕족이라면 조금 더 조심해야 하는 건 아

닐까 생각되어서요."

"엘레로라와 사냐가 신뢰하는 사람이지 않나. 내가 걱정할 만한 일이 아니다."

뭐, 그걸로 됐다면 상관없지만.

"그럼, 플로라 님. 공주님 방으로 갈까요?"

"응."

플로라 님의 작은 손이 내 곰 인형을 잡았다.

"여기에서 먹고 가면 되잖나. 그렇게 하면 이상한 의혹도 사라지겠지."

방을 나가려고 하니 국왕이 멈춰 세웠다.

분명 그렇긴 하지만, 국왕 앞에서 푸딩을 꺼내고 싶지 않았다.

하지만 이제 와서 꺼내지 않을 수는 없었고, 이상한 의혹을 받는 것도 귀찮았다.

소파에 플로라 님을 앉히고 곰 박스에서 푸딩과 스푼을 꺼냈다.

"플로라 님, 이거 드세요."

"뭐야, 이게?"

"차갑고 달콤한 맛있는 과자예요."

플로라 님은 조그마한 손으로 스푼을 들어 푸딩을 입으로 옮겼다.

그 순간 플로라 님의 얼굴에 꽃이 피듯 미소가 지어졌다.

플로라 님은 잇달아 푸딩을 입으로 옮겼다.

좋아해줘서 다행이었다.

"맛있어요?"

"응."

플로라 님이 작게 끄덕였다.

미소가 귀여웠다.

머리를 쓰다듬어 주고 싶어서 나도 모르게 왕족인 공주님의 머리를 쓰다듬어버렸다.

하지만 혼내는 사람은 아무도 없었다.

"뭐지? 그렇게 맛있는 게냐?"

딸이 맛있게 먹고 있는 푸딩이 신경 쓰인 모양이었다.

"유나. 나도 하나 더 먹고 싶어."

엘레로라 씨가 갈구하듯 바라봤다.

"엘레로라는 먹어본 적이 있어?"

사냐 씨가 엘레로라 씨에게 물어보면서도 시선은 푸딩으로 향하고 있었다.

설마 당신도인가요.

"응, 전에 먹어본 적이 있어. 달콤하고 차가워서 맛있어."

모두의 눈이 푸딩과 나를 번갈아 보고 있었다.

"으음, 드실래요?"

"그래, 먹어보지."

"고마워, 유나."

"나도 괜찮아?"

일단 푸딩을 세 개 꺼냈다.

남은 푸딩은 다섯 개가 되었다.

이런, 푸딩을 위해 크리모니아로 달걀을 받으러 한 번 가야 하는 건가?

"뭐지, 이건?"

"으~음, 맛있어."

"어머, 정말 맛있잖아."

세 사람은 플로라 님과 똑같이 맛있게 먹어주었다. 모두 좋아해서 다행이었다.

그때, 시선을 느꼈다. 빤히 쳐다보고 있는 플로라 님이 있었다.

텅 비어버린 컵과 나를 보고 있었다.

"마지막이에요. 너무 많이 먹으면 점심을 못 먹게 될 거예요."

"알았어!"

나는 주의를 주고 푸딩을 하나 더 꺼내 줬다.

"그건 그렇고 성 밖에서는 이렇게 맛있는 걸 파는 건가?"

"저도 몰랐어요."

"당연히 그렇겠죠. 이건 유나가 생각해낸 과자인 걸요."

엘레로라 씨가 내 대신 설명을 해줬지만 딱히 내가 생각해낸 건 아니었다.

하지만 지구의 지식으로 만든 과자라고는 말할 수 없었다.

"그렇군. 하지만 맛있군."

"그렇죠?"

"레시피를 안다면 성의 주방장도 만들 수 있는가."

"만들 수는 있지만……."

알려주고 싶지 않았다.

"안 돼요. 유나는 이 음식으로 고아원 아이들에게 가게를 내 줄 생각이거든요."

"무슨 말이지?"

엘레로라 씨는 클리프에게 들은 건지, 내가 마을에서 하고 있는 일을 얘기하기 시작했다.

마을에서 고아원을 돌보고 있는 것, 푸딩의 재료인 꼬끼오의 알을 키우고 있는 것.

고아원 아이들 중 요리를 하고 싶어 하는 아이가 있다면 가게를 내 줄 생각이라는 것.

"어째서 그렇게 자세히 알고 있는 거예요?"

"클리프에게 들었으니까. 클리프가 이쪽으로 오고 바로 유나의 이야기로 들떠 있어서 여러 이야기를 듣게 됐어."

이거 한 번 클리프와 개인 정보에 대해 이야기를 나눠야지, 안 되겠네.

"그럼 레시피를 묻는 건 그만두도록 하지. 하지만 가끔 가져와 준다면 딸도 기뻐할 테니 부탁하네."

그거라면 괜찮으려나. 곰 이동 문도 있으니, 언제든 올 수는 있었다.

"엘레로라, 유나가 언제든 성에 들어올 수 있도록 전달해 두도록."

"네, 알겠습니다."

푸딩을 가져오기 위해 길드 카드에 성 입장 허가증이 추가됐다.

이걸로 된 건가?

🎀 71 곰 씨, 달걀을 위해
크리모니아 마을로 돌아가다

달걀이 떨어졌다.

큰 문제였다.

달걀 프라이도, 스크램블 에그도 먹을 수 없다.

에그 샌드위치도, 푸딩도 만들지 못한다.

이건 큰 문제였다.

급히 보충을 해야 했다.

그래서―.

"피나, 크리모니아로 돌아갈 건데 피나도 같이 돌아갈래?"

"네에에?"

피나가 이상하게 대답했다.

"꼬끼오 알이 없어서 고아원까지 가려고."

"유나 언니, 돌아갈 거예요?"

이동 문으로 살짝 가려고.

"그럴 건데, 피나는 그냥 왕도 구경하고 있어도 괜찮아, 어떡할래?"

"돌아갈래요. 그 전에 노아 님과 작별 인사를 하고 와도 될까요?"

"아, 그건 괜찮아. 오늘 중으론 돌아올 거거든."

"……네?"

피나가 작게 고개를 갸웃거렸다.

"즉, 지금부터 마을로 갈 거고, 게다가 오늘 중으로 왕도로 돌아오겠다는 말씀이신가요?"

"응."

어쩐지 이야기가 안 통하는 것 같은 느낌이 들었다.

"빠르면 오후 쯤에 돌아올 거야."

"유나 언니, 곰돌이와 곰순이가 불쌍해요. 저, 꼬끼오 알 없어도 돼요. 그러니까 그런 심한 짓은 하지 말아주세요."

"……응?"

이번엔 내가 고개를 갸웃거렸다.

"곰 이동 문으로 이동할 거라서 곰들은 안 쓸 거야."

"곰 이동 문이요?"

이번엔 피나가 고개를 갸웃거렸다.

아, 피나에겐 설명하지 않았구나.

"미안, 피나는 계속 같이 있어서 얘기한 줄 알았어. 곰 이동 문이 있어서 한 번에 마을로 돌아갈 수 있어."

"……유나 언니, 무슨 말인지 이해가 안 가요."

나도 그렇게 생각해. 갑자기 「이동 문」이라던가 「한 번에 이동할 수 있다」 라는 말을 들어도 곤란하겠지.

나도 현실 세계에서 그런 말을 들으면 「이 자식, 머리가 어떻게 됐나」 라고 생각할 정도이니.

애당초 이 세계에 이동 마법이 존재하는지도 모르고, 만약 없다면 피나가 이런 반응을 보이는 건 당연한 일이었다.

"음, 피나에게 묻고 싶은 게 있는데, 이 나라에 이동이라고 해야 하나, 장소와 장소를 한순간에 이동하는 방법이 있니?"

"······."

"예를 들면, 왕도에서 한 번에 마을까지 갈 수 있는 마법이라던가."

"들어본 적이 없어요."

그렇지~.

으음, 이동 문에 대해 피나에게 말해도 되려나······.

피나는 여기저기 떠벌릴 아이가 아니기도 하고······.

뭐, 다른 사람에게 알려진다 해도 나만 쓸 수 있고, 설치하는 장소는 곰 하우스 안이니까 괜찮을 거란 결론에 다다랐다.

"피나, 나는 너를 믿어."

"아, 네?"

피나가 고개를 갸우뚱하면서 수긍해주었다.

나는 창고로 가서 곰 이동 문을 설치했다.

"이거, 분명 저쪽 창고에도 있었는데······."

창고에 있지만 피나에게 설명은 하지 않았다.

오랫동안 같이 있어서 당연히 말한 줄 알았다

"이 문과 크리모니아에 있는 문은 연결되어 있어."

"유나 언니, 아무리 저라도 속지 않아요. 이 문을 열고 어머니가 계신 마을로 갈 수 있다면 모두가 고생을 하지 않겠죠."

지당한 말이다.

"우선 가보면 알 거야."

피나의 손을 잡고 곰 이동 문의 문을 젖혔다.

그 건너편은 크리모니아에 있는 곰 하우스의 창고 안이었다.

"유나 언니?!"

피나는 놀란 표정을 지었다. 뭐, 보통은 놀라겠지.

"아무한테도 말하지 마. 그리고 내가 없으면 이동할 수 없어."

창고에서 나오니 그리운 크리모니아 마을이 펼쳐졌다.

"이 시간이면 티루미나 씨가 고아원에 있을 테니 가보자."

둘이서 고아원으로 향했다.

고아원 근처에 다다르자 밖에서 놀고 있던 아이들이 달려왔다.

『유치부(幼稚部)』라고 내가 마음대로 이름을 지은 그룹 아이들
이다.

아직 어리지만 자신보다 나이가 어린 아이들을 보살피는 훌륭
한 아이들이었다.

한 명이 알아차리자 두 명, 세 명이 내 쪽으로 달려왔다.

내 주변에 아이들이 늘어났다. 기분 탓인가? 아이들이 늘어난
것 같은데…….

"모두들, 아무 일 없었어?"

"응, 괜찮았어요."

"우리 일 열심히 하고 있었어요."

나는 모두의 머리를 쓰다듬어 주었다.

"티루미나 씨 계시니?"

"응, 선생님이랑 같이 있어요."

모두 활기차게 놀라고 말한 후 나는 다시 고아원으로 향했다.

안으로 들어서자 원장 선생님과 티루미나 씨, 그리고 리즈 씨가 차를 마시고 있었다.

"어머니."

"피나? 게다가 유나도 돌아온 거야?"

"바로 왕도로 돌아갈 거예요. 꼬끼오 알이 필요해서 한 번 돌아온 거예요."

"알?"

"네. 있나요?"

"이 알들은 전부 유나의 것이니 있다면 있는 거지만……. 설마 그것 때문에 왕도에서 돌아온 거니?"

뭐, 곰 이동 문을 모르면 그렇게 생각하겠지.

"음, 네. 곰돌이와 곰순이에게 속도 좀 내게 했어요."

"유나의 소환수가 그렇게 빨라?"

대답할 수 없어서 적당히 넘기기로 했다.

"뭐, 소환수니까요."

대답이 된 것 같으면서도 안 된 것 같은 애매한 대답이 됐다.

"그래, 언제 왕도로 돌아가?"

"빠르면 오늘이라도 가려고요."

"빠르네."

"알이 내일 준비된다면 내일이라도 상관없어요."

"그래. 어느 정도 필요한데?"

"100개든 200개든, 많으면 많을수록 좋아요."

"그럼 내일이라도 괜찮니? 오늘 100개 준비하고, 내일은 조금 더 많이 준비할 수 있을 테니까 말이야."

나는 승낙했다.

"그럼, 피나. 출발은 내일 할 테니까 오늘은 티루미나 씨와 함께 있어도 좋아. 혹시 이대로 여기 있을 거면 그래도 좋고."

"아뇨, 저도 왕도로 돌아갈래요. 노아 님에게 작별 인사도 하지 않는걸요."

"그럼 내일 여기에서 만나자. 아, 그리고 티루미나 씨와 모두에게 부탁이 있는데요."

"뭐니?"

"한 달 후쯤에 감자를 팔러 오는 사람이 있을 건데 받아둬 주실 수 있나요? 돈은 먼저 조금 지불했으니 남은 대금은 매상에서 빼주세요."

"감자? 가끔 팔고 있는 걸 봤지만 그건 간혹 복통을 일으킨다는 말을 들었어."

가끔이라도 이 마을에서 팔고 있었군. 하지만 정기적으로 구입하고 싶으니 아무런 문제가 되지 않았다.

"싹이나 푸르스름하게 변색이 되어 있는 부분을 먹지 않으면
괜찮아요."

"그래?"

"네. 그러니까 받아 주세요."

"알았어."

오늘 몫의 달걀을 받고 고아원에서 나왔다.

마을 안을 걷는데 왕도만큼의 시선은 없었다.

가끔 어린 아이에게 「곰이다」라는 말을 듣는 정도였다.

가볍게 손을 흔들어 주면 기뻐해줬다.

곰 하우스로 돌아오니 집 앞에 한 사람이 서 있었다.

"유나, 드디어 돌아왔군요."

포획물을 발견한 것 같은 눈을 한 밀레느 씨가 다가왔다.

"밀레느 씨? 어쩐 일이세요?"

"어쩐 일이세요, 가 아니죠. 유나 씨에겐 여러 가지로 묻고 싶은
게 있어요."

뭐지? 밀레느 씨에게 혼날 만한 짓을 한 기억은 없었다.

"그 음식 뭐예요?!"

"음식이라뇨?"

"왕도로 가기 전에 제게 건네준 음식이요."

"아, 푸딩이요."

그러고 보니 줬던 기억이 있었다.

"맞아요, 그거요. 그 맛있는 음식은―."

"그건 그렇고, 제가 마을로 돌아왔다는 걸 용케 아셨네요."

"그 차림을 모르는 사람은 없으니까요. 상업 길드 직원에게서 당신을 봤다고 얘기를 들어서 집 앞에서 기다리고 있었어요."

밀레느 씨는 나를 놓치지 않으려 어깨를 꽉 잡았다.

간단하게 뿌리칠 수도 있었지만 그런 짓을 하면 밀레느 씨가 큰일이 날 것이다.

"도망치거나 하지 않을 테니까 놔주시겠어요?"

"진짜죠?"

"밀레느 씨, 성격 바뀌었네요."

씩씩했던 밀레느 씨의 이미지가 무너져갔다.

"유나 씨 때문이에요. 그런 맛있는 걸 주고 사라졌으니까 말이죠."

그럴 생각은 없었다. 다만, 고마운 마음에 줬던 것뿐이었다.

"그래서 유나 씨, 그 음식은 뭐죠?"

"꼬끼오 알을 사용한 음식이에요. 마음에 들었다니 기쁘네요."

"그래서 유나 씨, 상담인데요. 가게를 내지 않겠어요? 분명 팔릴 거예요."

팔릴 거는 알고 있었다.

언제가 될지 모르지만 가게를 차려 고아원 아이들의 직장으로 할 생각이 있었다.

요리를 좋아하는 아이도 있을 테고, 만드는 방법만 알면 아이들도 만들 수 있었다.

그래서 클리프에게도 국왕에게도 레시피를 알려주지 않았다.

"조금 전에 말했지만, 푸딩에는 꼬끼오 알이 사용돼요. 지금 알 시세가 어떻죠?"

"꽤 내려갔어요. 매일 200개에서 300개 정도 입하하고 있으니까요."

가격도 순조롭게 내려가고 있는 모양이었다. 길드로부터 도매하고 있는 상점도 늘고 있었다.

그럼 도매 중인 상점을 줄이면 가게를 낼 수 있는 게 되는 건가?

현재 꼬끼오의 수는 400마리 정도라고 조금 전 티루미나 씨에게 들었다.

가게를 낸다면 적어도 500마리, 장기적으로 봤을 때 1,000마리는 필요했다.

순조롭게 늘어나고 있으니 조만간 500마리는 되려나……

한정 판매를 하면 가게를 내는 것도 가능했다. 다만 문제가 되는 건, 가게의 경영은 아이들만으로 할 수 없는 일이었다. 누군가 어른에게 맡아 달라고 해야 했다.

바로 생각이 든 건 리즈 씨나 티루미나 씨에게 맡기는 것이었지만 리즈 씨는 꼬끼오와 아이들을 보살피고 있었다. 그리고 티루미나 씨에게는 달걀 관리를 부탁했다. 하지만 오전 중으로 일이 끝난다고 했으니 오후라면 시간이 있는 것이다.

그 부분은 티루미나 씨와 상담해야 하나?

"요리사는 제 쪽에서 준비할 수 있어요."

그건 사양하고 싶었다. 레시피가 유출되는 건 곤란했다.

"우선, 먼저 가게 쪽을 부탁해도 될까요?"

"무슨 말이죠?"

"레시피는 되도록 가르쳐주고 싶지 않으니까 요리사는 괜찮아요."

"알았어요. 가게에 대해 원하는 건 있나요?"

"가게의 크기는 밀레느 씨에게 맡기겠지만 장소는 고아원 근처로 부탁드려요. 그리고 가능하면 많은 사람이 모여도 폐가 되지 않는 곳으로 부탁할게요."

어쩌면 행렬이 생길 가능성도 있었다. 만약 몇 백 명이 줄을 선다면 민폐를 끼칠 것이다.

"고아원 근처요?"

"가게를 열면 고아원 아이들을 일하게 할 예정이라서요."

"고아원 아이들을 일하게 한다고요?"

"자립하는 데에 도움이 될까 해서요."

"알았어요."

"급하지 않으니까 천천히 하셔도 돼요. 그리고 내일 왕도로 돌아갈 생각이고요."

"그래요?"

"잠깐 용무가 생겨서 돌아온 것뿐이거든요."

"용무가 생겼다고 해서 이렇게 간단하게 돌아올 수 있는 거리가 아니라고 생각하는데요."

"제 소환수는 우수하니까요."

이동 문에 대해서 말할 수는 없어서 소환수라고 둘러댔다.

밀레느 씨도 그 이상은 물어오지 않았다.

그 대신 말하기 어려운 듯 다른 질문을 해왔다.

"그래서, 유나. 푸딩을 줬으면 하는데 안 될까요?"

엄청 바라는 듯 부탁했다.

밀레느 씨에게는 신세를 지고 있었다.

나는 곰 박스에 들어있는 푸딩 4개를 꺼냈다.

"지금 가지고 있는 건 이게 마지막이에요."

"유나, 고마워요."

밀레느 씨는 기뻐하며 받고는 떨어뜨리지 않도록 아이템 봉투에 담고 떠났다.

응? 그러고 보니, 밀레느 씨가 날 부르는 호칭이 바뀐 것 같은데?

기분 탓인가…….

나는 티루미나 씨에게서 받은 달걀로 푸딩을 만들기로 했다.

오늘은 이것으로 하루가 끝날 것 같았다.

🎀 72 곰 씨, 빵집 직원을 구하다 1

다음 날, 달걀을 손에 넣고 왕도로 돌아왔다.

이것으로 당분간 안심이었다.

곰 하우스에서 뒹굴 거리고 있는데 밖에서 나를 부르는 소리가 들려왔다.

밖으로 나가자 노아가 볼을 부풀리고는 사납게 서 있었다.

화가 난 것 같은데 볼이 빵빵해서 귀엽다.

"유나 님, 어제는 저를 두고 어디를 다녀오신 거예요?"

곰 이동 문에 대해서는 말할 수 없어서 이야기를 돌리기로 했다.

"내 쪽에서도 물어도 될까?"

"뭐죠?"

"잘 모르겠지만, 노아는 지금 한가하니? 귀족들에게 인사하러 돌아다닌다던가, 탄신제 준비라던가 그런 거 안 해?"

귀족이라면 탄신제에 참가할 드레스를 준비하거나 여러 가지 있을 거라고 생각하는데.

"없어요. 기본적으로 어머님이 이곳에 살고 계셔서 새삼 인사를 할 필요는 없죠. 있다면 탄신제 파티 회장에서 인사하는 정도예요. 그것도 아버님과 어머님을 따라서죠. 게다가 주역은 언니에요. 저는 덤이고요. 그것보다도 어제 말인데요. 미사와 함께 왔었단 말이에요. 곰 님을 만나고 싶다고 미사가 말해서요."

그건 미안하게 됐다.

어제 일은 설명할 수 없어서 순순히 사과했다.

그리고 사죄의 의미로 미사를 불러 곰돌이, 곰순이와 놀게 했다.

나는 피나를 포함한 세 명이 곰돌이, 곰순이와 노는 모습을 보면서 집에서 하루를 보냈다.

왕도로 온지 며칠이 지나고, 탄신제의 날도 가까워졌다.

과연 탄신제가 다가오자 클리프를 비롯한 귀족들은 바쁘게 움직였다.

한가했던 노아와 미사도 외출을 할 수 없게 되었고, 최근엔 피나와 둘이서 외출하는 일이 많아졌다.

"왕도에 도착했을 때도 사람이 많다고 생각했는데, 오늘은 더욱 많네."

"이렇게 사람이 많이 있는 건 처음 봐요."

"그만큼 시선도 많이 쏟아지지만."

"유나 언니의 복장은 어딜 가도 눈에 띄니까요."

스치는 사람들의 시선은 반드시 내 쪽을 향했다.

왕도에 도착하고 며칠이 지나자, 무시하는 기술도 몸에 배었다.

신경 쓰이지 않는다고 하면 거짓말이겠지만 사람은 적응하는 동물이었다.

시비를 걸어오지 않는 한 무시하기로 했다.

"신경 써도 어쩔 수 없잖아. 탄신제나 즐기자."

"네."

군것질을 하거나 노점을 구경하는 등 왕도를 적당히 둘러봤다.

왕도는 천천히 전부 둘러보기에는 아무리 시간이 있어도 부족할 정도였다.

하지만 여러 가지로 수확한 것도 있었고, 여러 진귀한 물건을 손에 넣을 수 있었다.

성가신 일도 더러 있었지만 노아의 호위를 하면서 왕도에 도착한 보람이 있었다.

"아, 좋은 냄새가 나네."

어딘가에서 갓 구운 빵 냄새가 풍겨왔다.

"네. 맛있는 냄새가 나네요."

"아무래도 저쪽 빵집인 것 같아. 마침 시간도 알맞으니 먹으러 가볼까?"

시선이 향한 곳에 빵집의 간판이 보였다.

조금 작은 가게였지만 가게 안은 사람이 가득했다.

모두 나처럼 빵 냄새에 이끌려 온 것 같았다.

나와 피나는 빵을 사러 줄을 섰다.

다들 내 모습을 보고 놀라기는 했지만 말을 건네 오는 사람은 없었다.

그렇게 기다리기를 10분 정도, 우리의 순서가 됐다.

"맛있을 것 같은 빵이네요."

내 또래 정도의 여자아이가 접객을 하고 있었다.

그녀 또한 내 모습을 보고 놀랐지만 바로 미소로 대응해주었다.

"고, 고맙습니다."

여자아이는 갓 구운 빵을 나와 피나에게 각각 건네주었다.

좋은 냄새였다.

"맛있으면 또 올게요."

"네, 기다리고 있을게요."

우리는 길을 걸으면서 빵을 먹었다.

피나도 나를 따라 걸으면서 먹었지만, 교육에 나쁘려나?

티루미나 씨에게 마음속으로 사죄를 하고 계속 빵을 먹었다.

"이제껏 먹었던 빵 중에서 제일 맛있어."

"네, 정말 맛있어요."

폭신폭신한 빵.

일본에서 먹었던 빵을 떠올렸다.

이 빵으로 샌드위치나 치즈도 있으니 피자 토스트 등, 여러 빵
을 만들면 맛있을 것 같은데…….

크리모니아 마을로 돌아가기 전에 잊지 말고 사야겠다.

하지만 저 손님 수를 보니 아무래도 다 사들이는 건 안 되려

나…… 뭐, 곰 이동 문이 있으니 언제든 사러 올 수 있지만 가능하면 대량으로 사들이고 싶었다.

그렇게 피나와 빵을 먹으면서 왕도 구경을 계속했다.

돌아가는 길에 아까 그 빵집 근처를 지나게 되어서 내일 아침 몫의 빵을 사서 돌아가기로 했다.

피나도 찬성해줬다. 저 집 빵은 맛있으니까.

아직 가게가 열려 있으면 좋을 텐데…….

가게 근처로 가자 손님의 모습은 보이지 않았다. 설마 장사 끝났나?

확인을 위해 가게 앞으로 가자 어떤 여자의 소리치는 목소리가 들려왔다.

"그만 둬!"

열려있는 문을 바라보자 30대 정도로 보이는 여자가 외치고 있었다.

여자 뒤에는 빵을 팔고 있던 여자아이가 있었다.

무슨 상황이지?

가게 안에는 소리치는 여자가 두 명, 폭력을 휘두르는 남자가 세 명 있었다. 주변에 있던 손님과 구경꾼들은 아무도 도우려 하지 않고 서서히 멀어져갔다.

소리친 여자, 아줌마는 딸을 뒤로 감싸고 열심히 저항하고 있었다.

"얼른 나가! 이 가게는 너희의 것이 아니야."

남자들이 가게 안에서 난동을 피웠고, 빵이 공중으로 떠올랐다.

빠직.

"탄신제가 끝날 때까지라고 약속했잖아."

"이 곳에서 장사를 하고 싶어 하는 사람이 있다고—."

남자들은 바닥에 떨어져 있는 빵을 짓밟았다.

빠직.

"하지만 약속은—."

"약속, 약속, 시끄러워! 이곳에서 일하고 싶으면 남편이 남긴 빚을 갚으라고. 아니면 딸의 몸으로라도 갚던가."

남자는 아줌마가 감싸고 있는 여자아이에게 손을 뻗어 팔을 잡았다.

빠직 빠직.

"딸을 놔줘!"

아줌마가 딸을 구하려 남자에게 달려들었다.

하지만 남자는 아줌마를 후려갈겼다.

빠직!

순간 무언가가 끊겼다.

나는 가게 안으로 난입했다.

"뭐야? 네 놈은!"

남자들을 때렸다.

"무슨 짓이야!"

발로 찼다.

"네 녀석, 우리가……."

내던졌다.

"누구부터 죽고 싶지?"

쓰러진 남자를 짓밟았다.

"네놈은 뭐야?"

"곰인데."

이런 남자들에게 알려줄 이름은 없었다.

"우리에게 이런 짓을 하고 무사할 줄 아는 거냐?!"

내던졌던 남자가 일어나 나이프를 꺼냈다.

"나이프를 꺼냈다는 건 죽어도 불만이 없다는 거겠지?"

"까불지 마!"

나는 남자의 명치에 곰 펀치를 날렸다.

남자는 배를 감싸쥐며 쓰러졌다.

"다음은—."

나는 나머지 두 명을 바라봤다.

"네 녀석, 그 복장을 기억해두마. 이 왕도에서 무사히 나갈 거라 생각하지 마라."

남자들은 쓰러진 남자를 질질 끌고 아무렇게나 지껄이고는 가게에서 나갔다.

"괜찮아요?"

나는 모녀에게 다가가 말을 걸었다.

"네, 고마워요."

"아무리 그래도 심하네요."

갓 구운 빵이 전부 바닥에 뒹굴고 있었다.

좋은 냄새를 풍기고 있어서인지 더욱 심하게 느껴졌다.

위험해, 떨어져 있는 빵을 보는 것만으로 화가 들끓는다.

더 때려줬어야 했는데!

"아까, 빚이라고 하던데……."

"네, 이 가게를 살 때 생긴 빚이 있어요. 하지만 얼마 전 남편이 죽은 후에 빚을 갚으라고 말하면서 못 갚을 것 같으면 나가라고—"

"하지만 이렇게 맛있는 빵을 만들 수 있으니 빚도 갚을 수 있는 거 아니에요?"

점심에 빵을 살 때 길게 줄이 있었다. 맛도 좋았다.

그 정도라면 빚도 갚을 수 있을 텐데?

하지만 아줌마는 고개를 옆으로 저었다.

"죽은 남편이 속은 건지, 갚을 수 있는 액수가 아니에요."

어디선가 들어본 적이 있는 악덕금융의 사기 수법이었다.

"그래서 빚을 대신해 가게를……."

그래서 괴롭혀서 쫓아내려고 했던 거였군.

으음, 어쩌지…….

나로서는 빵이 필요하니 빵집을 계속 열어주길 바랐다.

"여기에서 나오기 전에 조금이라도 돈을 벌어 다른 빵집을 열 자금을 마련할 셈이었는데……."

"탄신제가 끝날 때까지라고 약속했는데……."

딸이 슬픈 표정으로 바닥에 떨어진 빵을 주웠다.

아줌마는 그런 딸의 어깨를 따뜻하게 감싸줬다.

분하겠지.

내가 무언가 해줄 수 있는 게 없을까?

가게라…….

"빵집은 계속 할 거예요?"

"남편이 내게 맡긴 빵집이니 죽을 때까지 하고 싶어요."

이런 이야기를 듣고 가만히 있을 수는 없었다.

"응, 알았어요. 그럼, 제 가게에서 일하실래요?"

"아가씨네 가게요?"

"가게를 낼 예정인데, 사람이 없어서 곤란한 참이거든요."

크리모니아 마을에 낼 새로운 가게.

티루미나 씨나 리즈 씨에게 부탁하려고 했지만, 두 사람은 바빴다.

게다가 가게에서 팔 상품이 푸딩뿐이라 왠지 허전했다.

그러니 빵을 같이 파는 것도 좋을 것이다.

그것도 맛이 일품인 빵, 더불어 가게 경영을 해본 경력도 있다. 내 가게에 가장 필요한 인재다.

그리고 빵이 만들어지면 피자 판매도 가능해진다.

일석삼조다.

"저는 크리모니아 마을의 모험가예요. 조금 사정이 있어서 가게를 내게 됐어요."

"모험가……."

모녀는 이상한 눈으로 나를 바라봤다.

내가 대답을 기다리고 있자 피나가 옷을 잡아당겼다.

"유나 언니, 사람들이 모여들어요."

확실히 사람들이 모이기 시작했다.

게다가 조금 전 남자들이 돌아올 가능성도 있었다.

"자세한 얘기는 제 집에서 할 테니 같이 가지 않으실래요? 여기 있으면 따님이 위험해질지도 모르니까요."

"그렇게 하면 아가씨에게 폐를 끼치는 게……."

"신경 쓰지 마세요. 이대로라면 따님도 위험하잖아요."

아줌마는 가게의 상황을 확인한 후 눈물을 머금고 있는 딸을 봤다. 그리고 입을 열었다.

"부탁해요."

아줌마의 이름은 모린 씨, 딸의 이름은 카린 씨라고 했다.

나는 집으로 향하면서 크리모니아 마을의 가게를 설명했다.

푸딩이라는 과자와 피자라는 음식을 판매할 거라는 것, 가게는 고아원 아이들을 고용할 거라는 것, 그 가게의 점장이 되어줬으면 좋겠다는 것을 설명했다.

"피나, 유나 씨는 뭐하는 사람이야?"

뒤따라 걷고 있던 카린 씨가 피나에게 물었다.

"유나 언니는 엄청 친절한 모험가로 좋은 분이세요. 저도 몇 번이나 도움을 받았어요."

"저 복장은?"

"그건……, 유나 언니니까, 라는 말밖에는……."

의미를 모르겠지만 설득력이 있는 말이었다.

나도 부정할 수 없었다.

우리는 남자들과 만날 일이 없을 곰 하우스에 도착했다.

"곰?"

처음 본 곰 하우스에 두 사람은 입을 다물지 못하고 있었다.

"유나 씨, 이 곰은……."

"제 집이에요. 안으로 들어가죠."

두 사람을 데리고 곰 하우스 안으로 들어갔다.

"우선, 적당히 쉬고 계세요."

"저기, 유나, 아까의 이야기는 정말인가요?"

모린 씨가 집을 둘러보면서 물어왔다.

"정말이에요. 하지만 왕도를 벗어나 크리모니아로 와주셔야 해요."

왕도에 있는 지인들과 헤어져야 했다.

나는 가게에서 내보일 예정인 피자와 푸딩을 두 사람에게 내주었다.

"이건⋯⋯."

"아까 얘기한, 가게에서 내보일 예정인 피자와 푸딩이에요. 두 분에게는 이것과 빵을 부탁하려고 하는데요."

두 사람은 처음 보는 피자와 푸딩에 놀랐다.

내가 먼저 피자를 권하자 두 사람은 피자를 손에 들었다.

"이건—."

"유나 씨, 맛있어요!"

"이 음식 만드는 법을 알려주시는 거예요?"

"만들어 주셔야 하니까요."

피자를 다 먹은 두 사람은 푸딩을 먹었다.

"이것도 맛있어요."

"정말 맛있네."

다 먹은 두 사람에게 다시 물어봤다.

"우리 가게에서 일하시지 않겠어요?"

모린 씨와 카린 씨는 서로를 바라봤다.

"정말 우리를 고용하는 거예요?"

"정말 우리여도 괜찮아요?"

"네, 그 맛있는 빵을 먹고 싶거든요."

모린 씨는 잠시 눈을 감고 생각에 잠겼다. 그리고 천천히 눈을

곰 곰 곰 베어 3 🐻

떴다.

"어디까지 도움이 될지 모르겠지만, 딸과 함께 잘 부탁드릴게요."

모린 씨는 머리를 숙였다. 그것을 본 카린 씨도 머리를 숙였다.

빵집 직원을 구했다.

🎀 73 곰 씨, 빵집 직원을 구하다 2

다음 날, 모린 씨 모녀와 앞으로의 이야기를 하는데 밖이 소란
스러워졌다.

"썩 나와!"

"문을 부셔버린다!"

"곰! 나와!"

밖이 시끄러웠다.

방음 공사를 해야 하나.

"설마, 어제 그……."

모린 씨가 일어났다.

"유나 언니……."

피나가 걱정스럽게 나를 바라봤다.

그런 피나에게 걱정 끼치지 않기 위해 미소를 지었다.

"내가 잠깐 보고 올게."

"유나 씨?!"

내 말에 모린 씨가 놀란 표정을 지었다.

"위험해요."

"걱정하지 않아도 돼요. 이런 옷차림을 하고 있지만 일단은 모
험가니까."

모린 씨는 내 복장을 봤다. 도저히 모험가로는 보이지 않겠지. 쓸데없이 불안하게 만들었을지도 모른다.

"게다가 제가 가게에 온 남자들을 쓰러뜨리는 거 보셨죠?"

"……분명 봤지만, 만약 일이 생긴다면……."

"게다가 종업원을 지키는 건 고용주인 제 역할이에요."

나는 세 사람에게 밖으로 나오지 말 것을 전하고 혼자서 밖으로 나왔다.

밖에는 뚱뚱한 남자를 선두로 열 명 정도의 남자들이 있었다.

"드디어 나왔군. 곰 아가씨."

복부 주변에 지방을 두른 남자가 비열한 얼굴로 말을 걸어왔다.

"누구야? 당신."

"상인 조르즈 님이시다."

"그럼, 뚱뚱이 조르즈로 이름 바꾸는 걸 추천하지."

"이 자식!"

부하 한 명이 소리쳤다.

아무래도 마음에 들지 않은 모양이었다. 좋은 이름이라고 생각했는데.

"비켜! 그래, 곰 아가씨. 어제는 내 부하에게 심한 짓을 했다더군."

"나이프로 달려든 건 그쪽이 먼저잖아. 아니면 우리 쪽도 나이프로 달려들면 됐었나?"

"이 왕도에서 이 조르즈 님께 대들고 무사할 줄 알았나? 그 빵집 딸처럼 팔아버릴까?"

조르즈가 비열한 얼굴로 말했다.

아, 저 얼굴 때리고 싶네.

뚱뚱한 몸을 축구공처럼 차서 날려버리고 싶었다. 차면 지방 덕분에 튕겨오를 것 같았다.

"하지만 그 빵집 모녀를 넘긴다면 이번 일은 용서할 수도 있어."

"있지, 뭐든 자기가 말하는 대로 될 거라고 착각하지 않는 게 좋아."

"아가씨도 세상을 모르는 것 같구먼. 이 세상에는 시비를 걸면 안 되는 상대라는 게 있어. 싸움을 조금 할 줄 안다고 해서 끼어들면 안 된다는 말이지."

조르즈의 말에 뒤에 있는 남자들이 나이프를 꺼냈다.

"그만 됐어. 냄새 나니까 입 열지 말아줄래?"

떨어져 있어서 냄새가 나진 않았지만 기분이 나빠졌다.

나는 땅 마법을 발동시켰다.

남자들의 발밑이 한순간에 사라졌다.

조르즈를 남기고 전원을 구멍에 빠뜨렸다.

구멍의 깊이는 5미터 정도, 분명 골절상을 입었겠지. 운이 나쁘면 죽었을 가능성도 있다.

"이 자식…… 마법사인 거냐?"

"모험가야."

"네 놈 같은 이상한 복장을 한 여자가 모험가라니……."

어떤 모습을 하고 있든 모험가였다.

나는 남자를 향해 다가갔다.

"가까이 오지 마!"

"그럼, 스스로 구멍에 빠질래? 아니면 나한테 맞고 떨어질래?"

모린 씨 모녀를 위해 한 방 날리지 않으면 분이 풀릴 것 같지 않았다.

"나를 누구라고 생각하는 거냐. 대상인 조르즈라고! 모험가 길드의 길드 마스터에게도 잘 알려져 있지. 네놈 같은 꼬맹이는 어떻게든 해버릴 수 있단 말이다!"

"어머, 나는 당신 같은 거 모르는데?"

갑자기 들려온 말에 조르즈가 놀랐다.

조르즈가 뒤돌아 본 곳에는 긴 귀와 연록색의 긴 머리를 한 인물이 서 있었다.

"사냐 씨. 이곳에는 어�쩐 일로……?"

"우연히 걷고 있었는데 저기 남자들의 『곰 집은 여깁니다』 『곰은 강하니 조심하세요』 『곰에게 복수할 수 있게 해주세요』 라는 둥의 대화가 들려와서, 유나 얘기인 것 같아 뒤를 밟았지."

하긴, 그런 대화를 하고 있으면 나인 걸 알겠네.

"그래, 나와 당신이 아는 사이라고 들었는데, 기분 탓인가?"

사냐 씨는 자신의 이름을 협박 소재로 사용한 것에 화를 냈다.

"모험가 길드의 길드 마스터라고?"

"그래, 그런데? 나, 당신에 대해서 모르는데. 참고로 저기 곰 씨하고는 알고 있지."

"웃기지 마! 길드 마스터가 뭐?! 나는 국왕과 친하다고! 국왕에게 말하면 네 놈들 따위—"

이 상인, 바보인가?

그리고, 한 번 있는 일은 두 번도 있다. 그런 말은 없나.

"네놈은 누구냐. 나는 네놈 따위 모른다."

응, 어째선지 국왕이 있는데? 꼬투리 잡아도 되나?

"국왕이라고? 국왕이 이런 곳에 있을 리가 없잖아?!"

나도 그렇게 생각해. 왜 있는 거지?

"거짓이라고 생각하는 건 네 마음이지만 국왕의 이름을 사용해서 범죄 행위를 저질렀군. 무사할 거라고는 생각 마라. 사냐, 미안하지만 저 놈을 잡아주게. 그리고 성에 연락을 부탁하지."

사냐 씨는 조르즈가 도망치지 못하도록 붙잡았다.

앗, 한 방 못 날렸네.

"이거 놔! 나를 누구라고 생각하나?!"

사냐 씨가 힘껏 후려쳤다. 사냐 씨가 대신해서 때려줬으니 만족할까.

으~음, 어쩐지 두 사람의 등장으로 해결해버렸다. 편해졌으니 괜찮지만……

"그래서, 폐하는 어쩐 일이세요?"

"뭔가? 안으로 들이지 않는 건가?"

국왕은 곰 하우스를 보면서 그렇게 말했다.

"들어가실래요?"

안으로 들이기 싫지만.

"이런 집을 보면 들어가고 싶어지지."

"그 전에 제 집이 있는 곳을 어떻게 알고 계세요?"

"당연히 엘레로라에게 물어봤지."

뭐, 그 정도밖에 정보원은 없겠지.

"하아, 알겠습니다."

어째선지 나라에서 가장 높은 사람을 곰 하우스에 들이게 됐다.

"유나 언니, 괜찮았어요?"

피나와 모린 씨 모녀가 걱정하는 얼굴로 다가왔다.

"괜찮아. 길드 마스터인 사냐 씨가 와줬거든."

"다행이네요. 그럼, 저 아저씨는 누구세요?"

피나가 모르는 아저씨가 집에 들어오자 그렇게 물었다.

뭐, 신경 쓰이겠지.

"국왕 폐하야."

"으음, 국왕 폐하요?"

피나는 귀엽게 고개를 갸웃거렸다.

"그래, 국왕 폐하."

"이 나라에서 가장 높으신 분이요?"

"맞아."

"어, 어째서, 그런 분이 여기에 계시는 거예요?!"

"뭐, 본인에게 물어볼래?"

피나는 고개를 힘껏 좌우로 흔들었다.

국왕의 얼굴을 알고 있는 건지 모린 씨와 카린 씨 두 사람은 얼굴이 사색이 돼 있었다.

"그래서, 부탁하고 싶은 게 뭔가요?"

집을 둘러보고 있는 국왕에게 물었다.

"아, 그렇지. 네 그 푸딩을 탄신제 때 만들어줬으면 해서 말이야. 만찬회에 내보이면 분명 모두들 놀랄 거야."

무슨 생각을 하는 거야?!

이거 거절할 수 있나?

"참고로 거절하는 건……."

"뭐냐, 국왕인 내 부탁을 거절할 셈이냐."

역시 국왕은 제멋대로 주의로군.

"그게 아니라, 푸딩을 만들기엔 재료가—"

"돈이라면 내지."

돈 문제가 아니었다. 달걀이 문제였다. 달걀을 보충한지 얼마 안 됐기 때문에 만들 수 있긴 했다. 문제는 양이었다. 아무리 그래도 크리모니아로 재차 달걀을 보충하러 가는 건 불가능했다.

"참고로 얼마나 만들면 되죠? 많이는 무리예요."

"가능하면 300개."

300개인가…… 저번에 만든 푸딩과 나머지 달걀을 사용하면 만들 수 있으려나?

달걀을 보충한지 얼마 안 됐지만 모린 씨 모녀에게 푸딩의 만드는 방법을 알려주기에 딱 좋을지도 몰랐다.

"어떤가, 만들 수 있을까?"

"괜찮을 것 같지만, 탄신제는 언제였죠?"

새삼 국왕의 탄신일을 생각하니 날짜를 모른다는 것을 깨닫게 되어 본인에게 물어봤다.

"이봐!"

국왕님에게 한 소리 들었다.

하지만 관심이 없었으니 어쩔 수 없었다.

「이제 곧인가?」 정도로는 생각하고 있었지만 말이지.

"유나 언니, 5일 뒤에요."

피나가 뒤에서 작은 목소리로 알려주었다.

"그럼, 그 날 아침에 가지고 가도 될까요?"

"아, 괜찮네."

"그리고 제가 만들었다는 것은 알려지고 싶지 않은데요."

"그렇지. 조용히 성으로 들어와서 어딘가 빈 방에 두게 할까."

"차갑지 않으면 맛이 반감이 돼요."

"그럼 방에 냉장고라도 준비하지."

그렇게까지 하면 거절할 이유는 없었다.

국왕의 탄신제 만찬회 요리에 푸딩이 더해지게 됐다.

국왕도 돌아가고 밖의 소란스러운 쓰레기들도 사라져 집에 조용함이 돌아왔다.

세 사람은 어쩐지 분위기가 이상했다.

"모두들 왜 그러세요?"

모두가 나를 바라보는 눈이 달라진 것 같았다.

"음, 유나 씨는 뭐하는 사람이죠? 설마 귀족님인가요?"

모린 씨가 떨면서 물어왔다.

"아니에요. 평범한 모험가예요."

"하지만 국왕 폐하와 그렇게 친하게……."

"우연히 알게 될 기회가 있었을 뿐이에요."

"그래도 폐하께서 친히 집으로 오시다니……."

"푸딩이 먹고 싶어서겠죠."

"그래도—"

좀처럼 믿어주지 않는 두 사람. 피나까지 나를 귀족처럼 보기 시작했다.

그 국왕은 쓸데없이 귀찮은 일을 주고 갔다.

갑자기 하늘과 땅처럼 신분의 차이가 있는 사람이 눈앞에 나타났고, 그 인물과 아는 사이처럼 응대하고 있는 인물이 있다면 그 사람도 그 나름의 인물일 거라고 생각될 수밖에 없었다.

어느 세계서든 같았다.

정치가라면 정치가 지인이 많았다.

의사라면 의사 지인이 많았다.

교사라면 교사 지인이 많았다.

연예인이라면 연예인 지인이 많았다.

은둔형 외톨이라면 은둔형 외톨이 지인이 많았다(게임 안에서 항상 만났다).

어떤 직업이던 역시 같은 업계의 지인이 많았다. 그렇다면 왕족에겐 귀족 지인이 많은 게 됐다.

"아~! 아무튼 나는 귀족도 아니고, 왕족의 관계자도 아니에요."

막무가내로 이야기를 끝내고 푸딩 만드는 얘기를 했다.

"그럼, 예정보다 조금 빠르지만 두 사람에겐 내일부터 같이 푸딩을 만드는 걸 부탁할게요."

"우리가 국왕 폐하의 만찬회 요리를 만든다는 건가요?"

나는 고개를 끄덕였다.

만드는 방법을 알면 만드는 걸 부탁하는 게 빨랐다.

"그런 건 무리예요."

"왜요?"

"국왕 폐하 입에 들어가는 거잖아요?!"

"뭐, 먹는 거니까요."

"그런 황공한 일은 할 수 없어요."

"딱히 독극물을 넣는 게 아닌 걸요."

그렇게 싫어할 거 없는데 두 사람은 고개를 끄덕이지 않았다.

"어째서 싫은 거죠?"

어쩐지 괴롭히는 것처럼 됐다.

일반적인 생각으로 평민이 국왕의 요리를 만드는 건 있을 수 없
는 일일지도 몰랐다.

뭐, 나도 총리대신이나 어느 나라의 대통령에게 요리를 대접할
수 있느냐는 말을 들으면 같은 기분이 들 것 같았다.

강제는 좋지 않기에 일단 피나와 함께 푸딩 100개를 만들기로
했다.

"그럼 피나, 둘이서 만들 수밖에 없겠네."

하지만 피나도 고개를 가로로 저었다.

"저도 무리예요!"

피나, 너도?!

다음 날, 피나를 설득하는 데 실패한 나는 혼자서 외롭게 푸딩
을 만들었다.

세 사람은 결국 고개를 끄덕여주지 않았다.

우선 만드는 방법을 가르쳐주기 위해 세 사람에게는 옆에서 푸

딩 만드는 방법을 보게 했다.

적어도 달걀 정도는 깨주길 바랬지만 그것조차 해주지 않았다.

어쩔 수 없이 푸딩 재료인 달걀을 혼자서 깨게 됐다.

미리 만들어 놓은 푸딩과 합쳐 혼자서 300개의 푸딩을 만들게 됐다.

묵묵히 혼자서 달걀을 깨고, 묵묵히 혼자서 달걀을 풀었다.

세 사람은 보기만 할 뿐 도와주지 않았다. 그렇게 국왕이나 귀족의 요리를 만드는 게 싫은가?

달걀을 깨는 것 정도는 도와주면 좋겠는데. 하지만 그런 마음은 닿질 않았고, 마지막까지 혼자서 300개를 만들었다.

대형 냉장고에 대량의 푸딩이 나열됐다.

이것으로 보충한 달걀도 거의 없어져 버렸지만 모린 씨가 빵을 만들어 주기로 약속했기 때문에 아침이 기대됐다.

🎀 74 곰 씨, 크리모니아 마을로 돌아오다

오늘 아침도 모린 씨가 구운 빵을 먹었다.

역시 모린 씨가 구운 빵은 맛있었다.

"유나네 집 화덕이 좋아."

그렇게 말해주니 기뻤다.

느긋하게 아침식사를 하고 있는데 경비병인 란젤 씨가 곰 하우스에 왔다.

"이렇게 아침 일찍 무슨 일이세요?"

"저번에 잡은 조르즈 건으로 보고가 있어서 말이죠."

"아, 그 뚱뚱이요."

란젤 씨의 이야기에 따르면, 조르즈는 다른 곳에서도 국왕의 이름을 사용해 협박을 해왔다는 걸 알게 됐다고 했다. 그 이외에도 폭력, 사기 등 여러 가지로 해왔던 모양이다. 그리고 그 보고 중에는 모린 씨의 빵집 이야기도 포함되었다.

이야기는 모린 씨도 함께 듣게 됐다.

이야기 내용은 다음과 같았다.

빚은 없어진다는 것.

그 빵집은 정식으로 모린 씨의 것이 됐다는 것.

"정말인가요?"

"네. 조르즈의 재산은 몰수하게 됐고, 앞으로 조사를 마치는 대로 사형이 진행될 겁니다."

"사형……."

"국왕의 이름을 사용한 범죄는 왕의 이름을 더럽히는 것입니다. 게다가 폐하가 그 현장을 보고 계셨습니다. 빠져나갈 수 없죠."

하긴 그런가.

조르즈는 국왕의 지인이라면서 협박해왔다.

국민들 중에 국왕을 범죄자와 한 편이라고 생각하는 사람이 생겨도 이상하지 않았다.

란젤 씨는 모린 씨의 가게 권리서를 가져와주었다.

모린 씨는 기쁜 듯 눈물을 흘리며 권리서를 받았다.

란젤 씨는 고개를 숙이고 떠났다. 남겨진 우리 사이에 조용한 침묵이 찾아왔다.

"다행이네요. 남편분이 만든 가게를 지켜서."

"유나……."

"사실은 크리모니아 마을로 와주시길 바랬지만 말이죠."

모린 씨는 어떡해야 좋을지 몰라 곤란해 했다.

"신경 쓰지 않아도 돼요. 남편분도 자신의 가게를 지키고 싶었을 거예요."

"미안해요. 이렇게까지 해주셨는데……."

"지금은 기뻐할 때죠."

"유나 씨, 고마워요."

그 후, 모린 씨와 카린 씨는 가게로 돌아갔다.

아쉽지만 어쩔 수 없었다.

좋은 방향으로 흘러갔으니 모린 씨 모녀를 보내줘야 했다.

빵은 사러 오면 되는 거였다.

그날 저녁, 피나와 식사 준비를 하고 있는데 모린 씨 모녀가 찾

아왔다.

"무슨 일이세요?"

"잠깐 얘기를 나눌 수 있을까요?"

얘기라니 뭐지? 일단 두 사람을 집으로 들였다.

모린 씨와 카린 씨는 의자에 앉은 채 나를 바라봤다.

모린 씨는 한 번 심호흡을 하더니 주머니에서 종이 한 장을 꺼

내 보였다.

종이를 확인하니 가게의 권리서였다.

"……?"

가게의 권리서를 내게 건네는 이유를 몰랐다.

"우리를 유나 씨 가게에서 일하게 해주세요."

모린 씨가 갑자기 터무니없는 말을 했다.

"어째서요? 딱히 크리모니아로 오지 않아도 왕도에서 가게를 이

어갈 수 있게 됐잖아요."

"오늘 가게를 정리하면서 딸과 이야기를 나눴는데, 유나 씨는 우리를 구해줬잖아요. 그리고 우리를 믿어주고 국왕 폐하가 직접 부탁하러 오는 푸딩의 제조 방법도 알려주셨죠. 그런데 가게를 되찾았다고 해서 약속한 것을 저버릴 수는 없어요."

"별로 그렇게 신경 쓰지 않으셔도……."

모린 씨는 고개를 가로로 저었다.

"받아주세요."

모린 씨는 다시 한 번 더 테이블 위에 있는 권리서를 내 쪽으로 밀었다.

"저야 기쁘긴 하지만, 이 권리서는 받을 수 없어요."

"유나 씨?"

"제 가게가 싫어지면 언제든지 돌아가셔도 되니까요. 하지만 제 가게가 마음에 들면 언제까지고 있으셔도 돼요."

나는 권리서를 모리 씨에게 돌려주었다.

"남편 분과의 추억이 담긴 가게는 소중히 해주세요."

"고마워요."

두 사람은 고개를 숙였다.

그렇게 두 사람은 정식으로 내 가게에서 일하게 됐다.

크리모니아 마을로 출발하는 건 탄신제가 끝난 다음날로 정했다.

탄신제가 끝나면 모여든 사람들이 각자의 장소로 돌아갈 것이다.

크리모니아 마을로 돌아가는 사람들도 여럿이서 이동하기 때문에 마물이나 도적단에 습격당하지 않고 이동할 수 있었다.

우리는 그 크리모니아 마을로 향하는 무리와 함께 가기로 했다.

두 사람은 출발 전까지 가게 정리와 왕도에서 신세를 졌던 사람들에게 인사를 하고 오겠다고 했다.

이거, 두 사람을 위해서도 좋은 가게로 만들지 않으면 안 되겠구먼.

탄신제 당일, 푸딩을 성으로 가져가기 위해 엘레로라 씨를 기다렸다.

과연 출입하는 사람들이 많은 당일에는 허가증이 있다고 해도 혼자서 입성은 안 되는 것 같았다.

그래서 엘레로라 씨와 같이 가게 되었다.

"피나, 정말 안 갈래?"

"네, 저는 집 지키고 있을게요."

일전에 성을 견학할 때 플로라 님을 만난 게 일종의 트라우마가 된 모양이었다. 딱히 무슨 일을 당하거나 한 게 아닌데……. 왕족을 만나는 건 평민인 피나에게 그것만으로 긴장하는 요소가 되었던 것 같았다.

억지로 시키고 싶지는 않아서 성에는 혼자서 가기로 했다.

"그래? 그럼 되도록 빨리 돌아올게."

곰 하우스에서 기다리고 있자 엘레로라 씨가 왔다.

"좋은 아침."

"안녕하세요."

"후후, 얼른 푸딩을 먹었을 때의 모두의 얼굴을 보고 싶은데?"

엘레로라 씨의 얼굴이 악당의 얼굴처럼 보였다.

국왕과 닮았네.

"정말 제가 만들었다는 건 알리지 말아주세요."

"알고 있어. 그건 그렇고 폐하도 재미있는 생각을 하셨네."

"휘말린 쪽은 곤란해요."

"후후, 그렇지. 보는 쪽은 재미있지만 말이야."

성에 도착하자 귀족의 것으로 생각되는 마차가 차례로 입성하고 있었다.

장식이 화려한 마차가 많았다.

이렇게 보니 피나는 아니지만 도망치고 싶어지네.

이해하기 쉬운 예를 들자면, 친구의 결혼식에 갔더니 주변에는 고급 승용차를 타고 온 사람들뿐이고, 전철이나 버스를 타고 온 사람은 나밖에 없는 느낌이었다.

뭐, 나는 푸딩을 두기만 하고 파티에는 참가하지 않을 거니까 상관없지만 말이지.

성 안으로 들어가자 인적이 드문 방으로 안내 받았다.

방 안에 들어가니 냉장고가 설치되어 있었다.

"푸딩은 그 안에 부탁할게."

곰 박스에서 푸딩을 꺼내 냉장고 안을 채워갔다. 그 수는 300개.

"맛있겠다."

"드시면 안 돼요."

"아무리 나라도 안 먹어. 하지만 유나가 크리모니아로 돌아가면 못 먹게 되겠지."

"크리모니아에 오시면 드릴게요."

"딸의 학교가 쉬면 한번 돌아갈 테니 그때는 잘 부탁해."

뭐, 그 때는 가게가 생겨 있을 테니까 가게로 와주는 편이 좋을지도 모르겠다.

"그럼, 저는 돌아갈게요."

"정말 참가 안 할 거야? 예쁜 드레스를 준비할게."

"피나도 외롭게 기다리고 있으니 돌아갈래요."

피나를 홀로 두는 건 안쓰러웠다.

"피나도 오면 좋았을 텐데……."

"국왕 탄신일 파티에 참가하는 건 저를 포함해서 문턱이 너무 높아요."

"그래? 마물을 쓰러뜨린 영웅과 그의 친구 한 명 정도라면 문제 없을 것 같은데."

"영웅이 될 생각은 없으니 정중하게 거절할게요."

곰 하우스로 돌아오자 피나가 혼자서 쓸쓸하게 기다리고 있었다.

돌아온 게 정답이었네. 피나는 내가 돌아오자 기뻐했다.

"유나 언니, 오셨어요."

"다녀왔어. 그럼, 퍼레이드라도 보러 갈까?"

"하지만 지금부터 가도 장소가—."

"특별석이 있으니까 괜찮아."

나는 피나를 데리고 밖으로 나왔다.

큰 길로 향하자 피나가 말한 대로 사람들 무리가 생겨 퍼레이드를 볼 수 있는 상태가 아니었다.

"유나 언니, 이대로는—."

"저기가 좋으려나? 날 거니까 꽉 잡아."

피나를 끌어안고 날아올랐다. 작은 집 지붕에서 더 높은 지붕으로 이동했다. 마지막으로 이 부근에서 가장 높은 건물로 이동했다.

"여기에서라면 잘 보일 거야."

아래쪽에는 퍼레이드를 보기 위해 몰려든 사람들로 가득했다.

모두들, 국왕을 잠깐이라도 보기 위해 모여 있었다.

연예인을 보는 느낌이려나. 프로 야구의 우승 퍼레이드 같았다.

"저기 봐, 피나. 사람들이 쓰레기같이 보여."

"유나 언니……."

피나는 냉담한 눈으로 나를 바라봤다.

그런 눈은 깔끔하게 무시하고 미리 사뒀던 먹을거리를 꺼냈다.

잠시 동안 먹고 마시면서 지붕 위에서 왕도를 구경하고 있자 퍼레이드가 시작됐다.

선두는 말을 탄 기사단.

기사들은 창, 검 등을 멋지게 들고 있었다.

기사단에 이어 음악대가 나왔다.

아름다운 소리로 국왕의 퍼레이드에 꽃을 곁들였다.

음악대 뒤에 큰 마차가 보였고, 그 위에 국왕과 한 여성이 있었다.

왕비님인가?

미인이시네.

미남 미녀이니 플로라 님 같은 귀여운 아이가 태어나는구나.

유전자 무섭네.

국민들에게 손을 흔들고 있던 국왕이 지붕에 있는 나를 발견했다.

그리고 왕비에게 무언가 말하자 왕비의 시선도 나를 향하나 싶더니 손을 흔들어 주었다.

무슨 말을 한 거지?

두 사람이 손을 흔들고 있는데 무시할 수도 없는 노릇이라 나도 가볍게 손을 흔들어 보답했다.

그렇게 국왕의 마차가 지나갔다.

퍼레이드는 왕도를 순회하고 마지막으로 입성하며 끝이 나는 것 같았다.

그 날, 왕도는 밤늦게까지 축제로 계속 떠들썩했고 모두가 국왕의 마흔 번째 탄신일을 축하했다.

탄신제가 끝난 다음날, 모린 씨 모녀는 크리모니아 마을로 떠났다.

나도 마을로 돌아가기 전 신세를 졌던 사람들에게 인사를 하러 돌아다녔다.

맨 처음으로 향한 곳은 모험가 길드.

"마물 토벌, 다시 한 번 고마워. 유나라면 언제든지 환영이니까 왕도에서 일할 때 들러줘."

그렇게 사냐 씨와 인사를 하고 길드를 나왔다.

다음으로 엘레로라 씨의 저택으로 향했다.

"유나, 신세를 졌군. 딸과 같이 고마워하고 있어."

클리프에게 인사를 하고—.

"유나 님, 먼저 돌아가는 거예요?"

노아와도 인사를 나누고—.

"유나 씨. 다음번에 또 상대 부탁드릴게요."

시아와 약속을 하고—.

"유나. 클리프가 이상한 짓 하면 내게 말하렴."

엘레로라 씨와 인사를 하고—.

"다음에 오실 때까지 화단에 꽃을 피워둘 테니까 보러 와주세요."

마지막으로 스릴리나 씨와 인사를 나눴다.

노아는 클리프의 일이 끝나는 대로 함께 크리모니아로 돌아가기로 했다.

나에게도 그 때까지 남아 있으라고 권했지만, 이번에는 내 호위
가 필요 없으니 정중하게 거절했다.

다음으로 향한 곳은 그란 할아버지네 집이었다.

"다음에 우리 마을에 오거든 집으로 와 주게. 환영하지."

그란 할아버지는 그렇게 초대와 함께 작별 인사를 해주었다.

"곰돌이와 곰순이에게 작별 인사를 하고 싶어요."

미사의 부탁으로 곰돌이와 곰순이를 불러 작별인사를 했다.

마지막으로 향한 곳은 성.

"푸딩을 먹은 귀족들의 얼굴을 네게도 보여주고 싶었어. 푸딩을
만든 요리사를 소개해달라고 모두가 물어왔지 뭔가."

국왕은 그 상황을 떠올리며 웃었다.

"제 얘기는 하지 말아주세요."

"그래, 그럼 푸딩 비용은 어떻게 하지?"

아, 잊고 있었다.

하지만 돈이 궁하지는 않은 걸.

"으~음, 입막음 비용으로 대신하겠어요."

"뭐야, 내가 신용 받지 못하는 건가?"

"딱히 돈에 궁하지는 않으니, 만약 플로라 님이 얘기하려고 하

면 그 때 잘 넘겨주세요."

"알았네. 그럼 플로라와는 만나고 가지 않겠나."

"다시 푸딩 가지고 올게요. 게다가 만나면 울릴 것 같아서요."

어린 아이의 우는 얼굴에는 약했다.

"그렇군. 나도 푸딩을 먹고 싶으니 빠른 시일 내로 만나러 와주게."

그렇게 왕도에서 신세를 졌던 사람들에게 작별 인사를 끝내고, 크리모니아 마을로 돌아가기로 했다.

─라고 해도 언제든지 돌아올 수 있지만 말이다.

곰 곰 곰 베어 3

🐾 번외편 🐾

🎀 세 소녀의 왕도 구경 1

느와르 님이 외출하자고 권해서 오늘은 느와르 님, 미사나 님과 외출을 했습니다.

귀족가의 규슈인 두 분과 함께하는 외출입니다. 유나 언니에게도 권했지만 거절당했습니다. 제 위는 견딜 수 있을까요?

으으……, 긴장됩니다.

제가 긴장하면서 출발할 시간까지 소파에 앉아서 기다리고 있자 유나 언니가 테이블 위에 돈을 올려놨습니다.

그리고 왕도 구경을 할 거면 돈이 필요할 테니 가지고 가라고 하셨습니다.

물론 왕도를 둘러보면서 돈이 들지도 모릅니다. 어딘가에서 식사를 할 수도 있습니다.

일단 어머니께 돈을 받았지만, 유나 언니는 왕도로 같이 오자고 한 건 자신이니 돈은 전부 언니가 내겠다고 했습니다.

다만, 유나 언니에게 건네받은 건 꽤 큰 금액이었습니다.

저를 믿어주기 때문이라고는 생각하지만 너무 많이 줬다고 생각했습니다.

또 언니는 마음껏 써도 된다고 했지만 이런 큰돈을 쓸 수는 없습니다.

유나 언니, 이상합니다. 이상해요.

하지만 결국, 거절하지도 못하고 받게 되었습니다.

되도록 쓰지 않도록 하고 싶습니다.

유나 언니와 헤어지고 혼자 느와르 님의 저택으로 향했습니다.

저택에 도착하자 메이드 분이 고개를 숙여 공손하게 인사해주었습니다.

저도 반사적으로 고개를 숙여 인사했습니다.

으으, 이것만은 몇 번을 겪어도 익숙해지지 않습니다.

"피나, 어서 와."

"아, 안녕하세요. 느와르 님."

"미사가 오면 출발할 거야."

미사나 님은 제가 도착한 후 얼마 지나지 않아 도착하셨습니다.

"노아 언니, 피나, 좋은 아침이에요."

"미사나 님, 안녕하세요."

"미사, 좋은 아침. 그럼 가볼까?"

느와르 님은 기세 좋게 출발을 선언하셨지만, 어디로 가는 걸까요?

유나 언니에게 돈을 받았다고 해도 그다지 돈이 드는 곳에는 가고 싶지 않은 게 제 본심입니다.

"노아 언니, 어디로 가실 거예요?"

제가 묻고 싶었던 것을 미사나 님이 여쭤봐 주셨습니다.

"한 곳은 정했는데……. 두 사람은 어디 가고 싶은 곳 있어?"

가고 싶은 곳을 물어도 곤란했습니다. 왕도에는 뭐가 있는지 알지 못하기 때문에 가고 싶은 곳이 없습니다.

저로서는 왕도를 걷는 것만으로도 충분히 구경이 되지만 그것만으로는 안 되는 걸까요.

하지만, 굳이 가고 싶은 곳을 꼽자면 성일까요? 안으로 들어갈 수 없다는 건 알지만 성을 보러 그 근처만이라도 가고 싶었습니다.

하지만 그런 걸 말할 수는 없어 말을 삼켰습니다.

"두 사람 모두 아무 곳도 없는 거야?"

"참고로 노아 언니는 어디로 갈 생각이세요?"

"내가 가고 싶은 곳은 아직 비밀이야."

아무래도 느와르 님이 가고 싶은 곳은 알려주시지 않을 모양입니다.

느와르 님의 웃는 얼굴을 보고 있으니 불안해졌습니다. 제가 가도 배가 아파지지 않는 장소이길 바랍니다.

"저는 왕도에 몇 번 와봤어요. 피나는 왕도에 온 게 처음이죠? 피나는 어디 가고 싶은 곳 없나요?"

미사나 님이 제게 물으셨습니다. 어떡하죠?

두 분이 저를 쳐다보기에 솔직히 말하기로 했습니다.

"……성을 가까이에서 보고 싶어요."

"성이요?"

"네, 왕도에 오면 성을 보고 싶다고 생각했었어요."

제가 순순히 대답하자 느와르 님은 조금 생각을 하고 수긍해주셨습니다.

"그럼, 일단은 성을 보러 갈까?"

"괜찮나요?"

"아까도 말했지만 우리 셋의 친목을 돈독히 하기 위해서니까 괜찮아."

"물론, 저도 괜찮아요."

"그럼 가자."

느와르 님이 저와 미사나 님의 손을 잡고 달리기 시작하셨습니다.

그리고 성에 도착했습니다.

먼 곳에서도 보이는 성이었지만 가까이에서 보니 그 크기를 알 수 있었습니다.

엄청 컸습니다. 이곳에 국왕님이 살고 계시는 거겠죠?

왕자님과 공주님도 계실까요?

만나 뵙고 싶지만 평민인 제가 평생 만날 일은 없겠죠. 하지만 탄신일 퍼레이드 때 국왕님과 왕비님은 멀리서 볼 수 있다고 했어요.

만약 볼 수 있다면 어머니와 슈리에게 여행담을 풀어놓을 수 있을 것 같습니다. 물론 아버지에게도 얘기할 거예요.

성 주변에는 저처럼 성을 보러 온 사람들이 많았습니다.

모두들 왕도 구경으로 성을 보러 온 것 같았습니다.

"역시 사람이 많네."

느와르 님은 성이 아닌 주변 사람들을 보고 있었습니다.

"탄신제라서 어쩔 수 없죠. 멀리서 온 사람도 있으니까요."

저와 같은 사람이 있다는 얘기네요.

그때 근처에 있던 어떤 모자(母子)의 대화가 들려왔습니다.

"엄마, 성 안은 어떻게 되어 있어요?"

"어떻게 되어 있으려나? 분명 예쁠 거야."

"보고 싶다~."

저도 성 안이 어떻게 되어 있는지 궁금했지만 안에는 들어갈 수 없었습니다. 게다가 지금은 탄신제 때문인지 경비병이 많았습니다. 그래서 성문에조차 가까이 할 수 없었습니다.

"그럼, 안은 못 들어가니까 성을 한 바퀴 돌아볼까?"

매우 매력적인 이야기였지만 괜찮을까요?

분명 이곳저곳에서 성을 보고 싶은 마음은 있었습니다.

"성 안은 안내할 수 없으니까. 게다가 피나가 즐겨줬으면 좋겠어."

느와르 님은 신경 쓰고 계신 것 같았습니다.

정말 마음이 고운 분입니다.

미사나 님에게도 동의를 얻어 두 사람의 안내로 성 주변을 한 바퀴 돌기로 했습니다.

성 내부를 알고 있는 느와르 님과 미사나 님이 이야기를 해주었습니다.

"저 벽 너머에는 병사들의 훈련장이 있어."

"안에는 예쁜 정원도 있죠."

성 안에 들어갈 수 없는 저를 위해 열심히 내부에 대해 얘기해주었습니다.

두 분 모두 친절하세요. 귀족 분들은 조금 더 거만할 거라고 생각했는데 그런 일은 없었습니다. 그게 아니면 두 분이 특별한 걸까요.

그 뒤로도 느와르 님과 미사나 님은 여기저기에 무엇이 있는지, 저 위에서 보이는 경치는 예쁘다는 등의 얘기를 해주셨습니다.

그렇게 즐거운 성 구경도 끝났습니다.

"느와르 님, 미사나 님, 고맙습니다. 매우 재미있었어요. 돌아가면 가족들에게도 얘기해줄 수 있겠어요."

"원래대로라면 성 내부도 안내를 해주고 싶었는데……."

"아뇨, 괜찮아요. 느와르 님과 미사나 님이 성 이곳저곳을 얘기해주셔서 충분히 재밌었습니다."

이건 진심에서 우러나오는 마음이었습니다.

두 분의 설명으로 진짜로 성에 들어간 기분이 들었습니다.

"그렇다면 다행이지만. 그럼, 다음은 어디로 갈까?"

느와르 님이 물어보셨지만 저는 성을 볼 수 있었던 것으로 만족해서 미사나 님 쪽을 바라봤습니다.

"느와르 언니, 저는 조금 지쳤어요."

저는 비교적 매일 움직이고 있어서 아직은 괜찮았지만 미사나 님은 지치신 모양이었습니다.

"그렇네. 그럼, 동쪽 중앙 광장으로 가서 쉴까?"

저는 판단이 안 됐지만 느와르 님의 말을 따랐습니다.

광장으로 향하고 있으니 통행인도 많아졌습니다.

두 분과 떨어지지 않도록 신경 써야 했습니다. 만약 떨어진다면 미아가 될 가능성이 있습니다.

어째서인지는 모르겠지만 돌아가는 길은 기억하고 있습니다. 하지만 어슴푸레한 기억입니다. 게다가 떨어지게 된다면 두 분께 걱정을 끼치게 될 겁니다. 그러니 떨어지지 않도록 조심해야 합니다.

다른 사람에게 부딪칠 것 같아서 옆으로 비켰습니다.

그러자 느와르 님과 조금 떨어져 버렸습니다. 종종걸음으로 따라가는데 느와르 님이 뒤로 돌아 미사나 님의 손을 잡고 다른 반대쪽 손으로 제 손을 잡으셨습니다.

"느와르 님?"

"떨어지면 큰일이잖아."

느와르 님이 손을 당겼습니다.

느와르 님의 손은 매우 따뜻했습니다.

느와르 님의 행동에 자연스레 미소를 짓게 됐습니다.

"그리고, 느와르가 아니라 노아라고 불러 줘. 친한 사람들은 노아라고 부르니까."

"그렇다면 나도 미사라고 불러줘요."

두 분이 갑자기 말도 안 되는 말씀을 하셨습니다.

애칭으로 부르라는 건 그만큼 친해지지 않으면 무리였습니다.

그걸 허락하신다는 것은 평민인 저를 친구로 생각해주시는 것인 걸까요.

"느와르 님, 미사나 님……."

"아니지. 노아라니까?"

"네, 미사예요."

두 분은 미소를 지으며 제 말을 기다렸습니다.

아무래도 이름을 불러 드리지 않으면 안 될 것 같았습니다.

"노아 님, 미사 님……."

조금 창피했지만 제가 이름을 부르자 두 분은 기뻐하셨습니다.

"잘 부탁해. 피나."

"피나, 잘 부탁해요."

"네!"

🎀 세 소녀의 왕도 구경 2

"도착했어."

노아 님이 안내해주신 곳은 테이블과 의자가 많이 나열된 곳이 었습니다.

그곳은 넓었습니다. 여러 사람들이 의자에 앉아 쉬거나 식사를 하거나 수다를 떨고 있는 모습이 보였습니다.

비어 있는 자리도 있어서 쉴 수 있을 것 같았습니다.

하지만 이곳에서 아무 것도 안 먹고 쉬기만 하는 것은 고통일지 도 모릅니다.

주변 노점과 테이블에서 여러 가지 맛있는 냄새가 풍겨왔습니다.

배에서 자극이 왔습니다. 배가 고팠습니다.

이대로는 배에서 소리가 날 것 같았습니다.

그런 생각을 하는데 다른 곳에서 배가 울리는 소리가 들려왔습 니다.

아무래도 소리의 발신원은 미사 님인 모양입니다. 미사 님은 우 리에게 소리를 들켜 창피해하시는 것 같았습니다.

"배고프지?"

"네."

그것에는 동의합니다. 저도 배가 고팠습니다.

이곳에 온 이유는 식사를 하는 것도 목적이라고 했습니다.

"그럼, 뭔가 먹으면서 쉴까?"

그 제안에 찬성했습니다.

맨 처음으로 향한 노점은 꼬치구이를 팔고 있는 가게였습니다.

고기를 굽는 좋은 냄새가 났습니다.

노아 님이 노점 앞에 서서 주문을 하셨습니다.

"저기요, 꼬치구이 세 개 주세요."

"알겠네! 지금 맛있는 부위를 구워주지. 귀여운 아가씨들."

아저씨는 그렇게 말하시고는 양념을 묻혀 꼬치를 구웠습니다.

엄청 맛있는 냄새가 났습니다. 저도 모르게 침을 삼켰습니다. 두 분에게는 들리지 않은 것 같네요.

두 분은 고기를 굽고 있는 장면을 보고 계셨기에 제게는 신경 쓰지 않으셨습니다. 다행입니다.

"자, 여기! 기다렸네. 맛있는 꼬치구이야."

제가 유나 언니께 받은 돈으로 지불하려 하자 노아 님이 그런 저를 멈춰 세우셨습니다.

"내가 낼게."

"저, 유나 언니께 제대로 돈을……."

"오늘은 내가 낼 거야. 모두의 몫은 어머님께 확실히 받았으니 신경 쓰지 마."

지금, 무슨 말을 하셨죠?

노아 님의 어머님께 돈을 받았다니…….

현기증이 났습니다. 유나 언니에게 돈을 받은 참에 노아 님의 어머님께서까지 저를 위해 돈을 준비해주셨다니……. 얼마 전까지 먹는 것도 곤란해 하던 저로서는 너무 황공했습니다.

유나 언니의 돈이라면 일을 해서 갚을 수 있지만 귀족 분께 돈을 받으면 어떻게 갚아야 좋을까요.

노아 님과 엘레로라 님이 갚기를 원하실 거라고는 생각하지 않지만 어쩌면 좋을지 곤란해져 버렸습니다. 귀족과 평민 사이에는 역시 넘을 수 없는 벽이 있다고 생각합니다.

어떻게든 거절할 이유를 생각했지만 말이 나오질 않았습니다.

이제 어쩌면 좋을지 모르겠습니다.

그렇게 생각하고 있는 동안 노아 님은 세 명의 몫을 지불하고 꼬치구이를 받으셨습니다.

그리고 노아 님이 꼬치구이를 제게 건네셨습니다.

"오늘은 내가 불렀으니까. 자, 받아. 계속 살 거야."

괜찮을까요?

그 뒤, 노아 님은 말씀하신 대로 차례차례 음식을 사기 시작하셨습니다. 제 손도 그렇지만 미사 님의 손도, 노아 님의 손에도 다 들 수 없을 정도로 음식이 가득해졌습니다.

음식을 사온 저희는 비어있는 테이블에 음식들을 두었습니다.

세 명이 들고 있던 음식을 테이블 위에 두자 꽤 많은 양이었습니다. 세 사람이서 다 먹을 수 있을까요?

미사 님은 노점에서 음식을 사 보신 경험이 그다지 없으셨던지 부끄러운 듯 주문을 하셨습니다. 그와 반대로 노아 님은 익숙하신 느낌이었습니다.

그것을 애둘러 여쭤보자—.

"항상 사니까."

귀족 님이라도 노점 음식을 드시는군요.

아니면 노아 님이 특별한 걸까요?

각자 들고 있던 음식들을 테이블에 나열하고 저희는 의자에 앉았습니다. 과연, 걸어서 지친 느낌이 들었습니다.

"그럼, 다들 좋아하는 거 먹어. 부족해지면 또 사러 갈 거니까."

아뇨, 노아 님. 충분히 많은걸요. 이 이상 사오지 말아주세요. 그렇게 말을 할 수 없어서 마음속으로 말했습니다.

하지만 배가 고파있던 건 분명했습니다. 테이블에서 풍기는 맛있는 냄새가 식욕을 돋웠습니다.

빨리 먹고 싶은 마음은 들었지만 노아 님과 미사 님이 먼저 드시기를 기다렸습니다.

노아 님이 첫 번째로 손을 뻗어 음식을 드시기 시작했습니다.

그것을 본 미사 님도 노점에서 가장 먹고 싶어 하신 것 같은 요리를 집으셨습니다. 두 분이 드시는 것을 확인하고 저도 꼬치구이에 손을 뻗어 입으로 옮겼습니다.

크리모니아에 있는 노점과 양념이 달라서 신선한 느낌이 들었지만 매우 맛있었습니다. 기념품으로 사서 돌아갈 수 없는 건 아쉬웠습니다.

"그럼, 피나는 모든 이야기를 털어볼까?"

꼬치구이를 먹고 있는 제게 갑자기 노아 님이 그런 말을 꺼내셨습니다.

깜짝 놀라 말이 나오지 않았습니다.

무슨 말을 하고 계신 거죠?

제가 놀라서 곤란해 하자 무슨 말인지 알려주셨습니다.

"피나와 유나 님에 대해서 말이야. 어떤 관계인지 듣고 싶어."

"저와 유나 언니 말씀이신가요?"

"저도 듣고 싶어요!"

미사 님까지 반응을 보이셨습니다.

"노아 님께는 만났을 때 말씀드렸어요."

왕도로 올 때 곰돌이 위에 함께 올라타서 이야기를 해드렸습니다.

"미사도 알고 싶어 하고, 내게도 아직 얘기하지 않은 게 있잖아."

유나 언니에게는 「비밀이야」 라는 말을 들은 부분도 있었습니다.

그래서 우선 비밀이라고 들은 부분은 말하지 않기로 했습니다.

일단, 미사 님에게도 유나 언니와의 만남에 대한 이야기와 해체 일을 받고 있다는 것을 얘기해드렸습니다.

"피나, 혼자서 숲 속으로 약초를 캐러 가다니 위험해요."

"나도 그렇게 생각해."

두 분이 화를 내셨습니다. 사실은 근처에서 찾을 예정이었는데 안쪽으로 찾으러 가버린 제가 나빴습니다.

"하지만, 그럼 유나 언니는 그 때부터 그 복장이었던 거네요. 그건 그렇고 유나 언니는 어째서 그런 복장을 하고 있는 걸까요?"

그런 걸 제게 물으셔도 모릅니다.

다만, 곰 장갑은 아이템 봉투로 되어 있어서 벗을 수 없다는 건 알고 있습니다. 게다가 곰 장갑에서는 곰돌이와 곰순이가 나오기 때문에 필요하다고 생각합니다.

그래서 그 때문은 아닐까 하고 말해봤습니다.

하지만 그 곰 옷을 입는 이유는 모릅니다.

"확실히 그 곰 장갑에서 곰돌이와 곰순이가 나오니까 필요하겠네. 근데, 그렇다면 그 장갑만 있어도 될 것 같은데."

"피나는 모르나요?"

거기까지는 모르기 때문에 고개를 가로로 저었습니다.

"하지만 그렇게 간단하게 울프를 쓰러뜨리다니, 역시 유나 언니시네요. 저도 유나 언니가 싸우는 모습을 보고 싶어요."

오크와 싸웠을 때는 마차 안에 숨어 있어서 미사 님은 보지 못했다고 하셨습니다. 도적과 싸울 때는 아무도 보지 못했습니다. 그러고 보니 저도 유나 언니가 싸우는 장면은 그다지 본 적이 없었습니다.

"피나는 유나 님이 싸우는 모습을 본 적이 있어?"

"으음, 모험가와 싸우는 장면이라면 봤어요."

두 분에게 유나 언니를 모험가 길드로 처음 데려갔을 때의 이야기를 했습니다.

유나 언니가 나이프 한 개? 그건 무기로 사용하지 않았으니 맨손? 곰 장갑만으로 싸워 여러 모험가들을 쓰러뜨린 이야기를 했습니다.

"나도 마을 안에서 유나 님이 싸우는 모습을 본 적이 있어."

아무래도 노아 님도 모험가와 유나 언니가 싸우고 있는 모습을 보신 적이 있는 모양이었습니다.

유나 언니에게 시비를 걸어 온 모험가들을 마법으로 쓰러뜨리고 있었다고 합니다.

"두 분 모두 부러워요."

미사 님이 작은 입을 삐죽거렸습니다.

하지만 그런 말을 들어도 곤란합니다. 처음 봤을 때는 유나 언니가 다치지 않을지 걱정이었습니다.

설마 그 정도로 유나 언니가 강할 거라고는 생각을 못했습니다.

"그래서, 피나에게 묻고 싶었던 게 있는데……."

"네, 무엇인가요?"

노아 님이 진지한 눈으로 물어보셨습니다.

"유나 님이 타이거 울프와 블랙 바이퍼를 쓰러뜨렸다는 게 사실이야? 안 믿는 건 아니지만, 유나 언니 같은 여자가 쓰러뜨릴 수 있는 건가 해서……."

"사실이에요. 타이거 울프 토벌 의뢰를 받았을 때 제가 같이 갔었으니까요."

"그, 그래?!"

"그럼, 피나는 타이거 울프를 본 거예요?"

저는 고개를 저었습니다.

"저는 곰순이와 함께 멀리 떨어진 곳에서 집을 지키고 있었어요. 하지만 토벌해 온 타이거 울프는 보여주셨어요."

곰 하우스에 대해서는 미사 님께 비밀이라 말할 수 없었습니다.

"설마 블랙 바이퍼를 쓰러뜨렸을 때도 같이 있었어?"

"아뇨, 블랙 바이퍼는 모험가 길드의 길드 마스터와 둘이서만 갔던 것 같아요. 하지만 유나 언니가 혼자서 쓰러뜨렸다고 들었어요."

"아버님에게 이야기는 들었지만 정말이었다니……."

"네. 해체를 도왔으니 사실이에요. 정말 커서 해체하는 게 힘들었었죠."

블랙 바이퍼 해체는 힘들었습니다.

320

무엇보다도 크고, 블랙 바이퍼의 가죽은 나이프의 날이 잘 들지 않았기 때문입니다.

아버지가 말씀하시길 살아있는 상태일 때에는 더 딱딱하다고 하셨습니다. 그런 마물을 쓰러뜨리다니 유나 언니는 대단합니다.

"해체라고 말이 나와서 말인데, 피나는 해체할 수 있지?"

"네. 오크 해체를 했었어요. 마리나 씨가 칭찬해주셨어요."

딱히 대단한 건 아니었습니다.

어릴 때부터 해체 작업을 해왔기 때문에 가능한 것뿐이었습니다. 스스로는 그 정도로 대단하다고는 생각하지 않지만. 유나 언니도 항상 칭찬해주셨습니다.

"그, 아버지가 안 계시고, 어머니도 병에 걸리셔서 제가 일을 해야 했었거든요."

제가 가족에 대해서 말하자 분위기가 무거워졌습니다.

"지금은 괜찮으니 신경 쓰지 마세요. 어머니도 병이 나아서 유나 언니 쪽에서 일하고 있으니까요."

"유나 님 쪽에서 일을 하고 있다고? 유나 언니는 모험가잖아. 그렇다는 건 피나네 어머니도 모험가라는 거야?"

아무래도 노아 님은 꼬끼오와 알에 대해서는 모르시는 것 같았습니다.

저는 고아원에 대해 이야기를 했습니다.

그런 뒤 꼬끼오에 대해서 이야기를 했고, 알 이야기를 했습니다.

"유나 님, 그런 일까지 하고 있는 거야?"

"유나 언니, 대단하시네요."

두 분이 유나 언니를 칭찬해주시니 어쩐지 저도 기뻤습니다.

"두 분이 드신 푸딩은 유나 언니가 그 꼬끼오 알로 만든 거예요."

"유나 님은 뭐 하는 사람일까?"

그건 저도 모릅니다.

곰 옷차림을 하고, 곰돌이와 곰순이가 있으며, 강한 모험가에, 고아원을 구한, 그리고 어머니의 병을 낫게 해준, 이상한 사람입니다.

유나 언니에게 가족은 없는 걸까요?

한 번도 가족 이야기가 나온 적이 없었습니다.

분명 무슨 이유가 있을 것 같지만 물을 수는 없었습니다.

하지만 어떤 모습을 하고 있어도 유나 언니는 생명의 은인이자 제가 많이 좋아하는 유나 언니입니다.

🎀 세 소녀의 왕도 구경 3

"노아 언니는 유나 언니와 어떻게 아시는 거예요?"

이번에는 미사 님이 물으셨습니다.

그 얘긴 왕도로 올 때 제가 여쭤봤습니다.

처음 본 건 모험가와 싸웠을 때, 곰의 복장을 한 유나 언니를 마을에서 발견했다고 하셨습니다.

그리고 저택으로 불러 곰돌이와 곰순이를 타게 됐다고 들었습니다.

노아 님은 그 이후 곰돌이와 곰순이를 좋아하게 되셨다고 합니다.

그 마음 압니다. 그 감촉, 껴안는 것만으로 행복해지죠.

"두 사람 모두 부럽네요."

미사 님이 노아 님의 이야기를 들으시고는 조금 토라진 것처럼 행동하셨습니다.

"하지만 나보다 피나 쪽이 유나 님과 함께 있는 시간이 많으니까 부러운걸."

"그건 일 때문에……."

제가 설명을 해도 두 분의 입에선 「좋겠네」, 「치사해요」라는 말이 들려왔습니다.

제가 유나 언니네 집에서 해체 일을 하거나 어머니를 도와드리고 있으면 유나 언니가 찾아오기도 하니까 만날 일이 많아졌습니다.

게다가 한가하다고 여기 저기 데리고 다니는 일도 많습니다.

「식사하러 가자」, 「산책하러 가자」 같은……. 저번에는 곰돌이와 곰순이를 타고 먼 마을까지 다녀온 적도 있었습니다.

그렇게 생각해보니 유나 언니와 함께 있는 시간이 많은 건 분명했습니다. 부러움을 받는 건 어쩔 수 없는 걸까요?

한동안 유나 언니의 이야기로 들떴고, 테이블에 올려둔 음식들은 점점 줄어들었습니다.

이제 배가 불렀습니다.

그건 노아 님과 미사 님도 같은 모양이었습니다.

셋이서 열심히 남기지 않고 전부 먹었습니다.

버리는 건 아까우니까요.

테이블 위도 깨끗하게 정리하고 휴식을 취했습니다.

"그럼, 슬슬 다음 장소로 가볼까?"

쉬고 있는데 노아 님이 그렇게 말씀하셨습니다.

딱히 상관은 없지만 어디로 가는 걸까요?

미사 님이 어디로 갈 건지 물어보셨지만 노아 님은 알려주시지 않았습니다.

"비밀이야. 그래도 분명 좋은 게 만들어져 있을 거야."

그렇게 말하는 노아 님의 표정은 웃는 얼굴이었습니다.

하지만 좋은 게 만들어져 있다는 건 무슨 말인 걸까요?

저와 미사 님은 둘이서 고개를 갸웃거렸습니다.

이끌려 온 곳은 한 가게 앞이었습니다.

간판 같은 것은 없었습니다.

여긴 무슨 가게일까요?

노아 님이 가게 안으로 들어가셔서 저희도 뒤따라갔습니다.

"실례할게요. 느와르 포슈로제입니다."

노아 님이 가게 안으로 들어가 이름을 대셨습니다.

그러자 한 남자가 나왔습니다.

"이런 느와르 님, 일부러 오신 겁니까? 약속으로는 오늘 저녁에 저택에서 기다리실 예정이었지 않습니까."

"미안해요. 조금이라도 빨리 받고 싶어서요. 그래서, 벌써 만들어졌나요?"

"그럼요, 만들어져 있습니다."

남자는 안으로 들어가 곧바로 돌아왔습니다.

손에 무언가를 들고 있었습니다. 그다지 큰 것은 아니었습니다. 뭘까요?

"이겁니다. 확인해 보시죠."

노아 님은 받아 든 물건을 확인하시더니 기쁜 표정을 지으셨습니다.

노아 님의 손에 든 것은 시민 카드, 아니면 길드 카드일까요?

다만 그 수가 많았습니다. 얼마나 있는 걸까요?

"고맙습니다. 원했던 대로네요."

노아 님은 기쁘신지 카드를 꽉 쥐고 감사 인사를 건넸습니다.

그리고 저희에게 카드를 보여주셨습니다.

노아 님이 보여주신 건 시민 카드나 길드 카드와 닮은 카드였습니다.

카드를 보니 그곳에 적혀있는 건—.

곰 님 팬클럽 회원증

회원번호 : 0000

이름 :

나이 :

뒷면을 보자—.

곰 님 팬클럽 입회규정

1. 곰 님을 좋아할 것.

2. 회장 및 부회장의 허가를 받은 사람에 한할 것.

3. 비밀을 엄수할 것.

이렇게 적혀있었습니다.

"곰 님 팬클럽이요?"

미사 님이 카드를 보고 물으셨습니다.

"응. 곰 님 팬클럽 회원 카드야. 왕도로 오는 동안 생각했어. 그래서 어머님께 부탁드리고 만든 거야."

노아 님은 기뻐하시며 말씀해주셨습니다.

"원래는 우리 집에서 받을 예정이었는데 얼른 받고 싶어서 말이야."

하지만 이런 걸 만들면 유나 언니에게 혼나지 않을까요?

상상하니 화낸 적이 없었던 유나 언니가 화난 얼굴을 하고 있었습니다. 무섭습니다.

"그럼, 두 사람 모두 한 장씩 가져. 그리고 이름은 너희가 적어."

노아 님이 회원 카드를 건네주셨습니다.

카드를 보자 회원 번호 0002였습니다.

음, 0000번이 있었으니 0000은 노아 님이고, 0001이 미사 님이 되는 건가요?

"내가 1번이고 피나가 2번, 미사가 3번이야."

"0번은요?"

"물론 유나 님이지."

하지만 제가 2번이어도 괜찮을까요?

미사 님이 2번이고 제가 3번이 되어야 한다고 생각했습니다.

제가 그렇게 말하자—

"회장인 내가 1번이야. 그리고 부회장인 피나가 2번이지."

"제가 부회장이요?!"

부회장이라는 건 두 번째로 높은 사람인 건가요?

갑자기 그런 말을 하셔도 곤란했습니다. 어떻게든 거절해야 합니다.

"미사 님이 부회장이신 게—."

"미사는 아직 유나 님과 접점이 적어서 안 돼."

그 말에 미사 님은 고개를 끄덕이셨습니다.

분명 그렇긴 하지만 그래도 제가 부회장이라니…….

"게다가 유나 님과 가장 가깝게 있는 건 피나잖아. 부회장은 여러 가지로 우리에게 보고를 해야 해."

보고라니 뭘 하는 거죠?

"아, 물론 이 얘기는 유나 님께 비밀이니까 말하면 안 돼."

0000번이라는 유나 언니의 번호가 있는데 이 얘기는 비밀인 모양입니다.

하지만 그것보다도 신경 쓰이는 게 있었습니다.

카드 번호의 자리수가 많지 않나요?

그 점을 묻자—.

"물론 목표는 1만 명이지!"

유나 언니, 도와주세요. 말도 안 되는 일이 벌어질 것 같아요.

저는 곰 님 팬클럽 회원 번호 0002번으로 부회장 지위를 받게 됐습니다.

카드를 소중히 아이템 봉투 안쪽 깊숙하게 넣었습니다.

아무쪼록 유나 언니에게 들키지 않도록…….

참고로 카드는 아직 100장밖에 만들지 않은 모양이었습니다.

엘레로라 님이 팬클럽 인원이 100명을 넘으면 다시 새롭게 100장을 만들겠다고 약속을 해주셨다고 합니다.

100명도 많아요.

■작가 후기

　오랜만에 뵙습니다. 쿠마나노입니다.

　『곰 곰 곰 베어 3권』을 구매해주셔서 감사합니다. 여러분 덕분에 무사히 3권을 발행할 수 있게 되었습니다.

　이번에도 기본적인 흐름은 『소설가가 되자』에서 게재했던 것과 같습니다만, 여러 가지로 구체적인 부분이 바뀌었기 때문에 『소설가가 되자』의 독자분들도 즐기실 수 있을 거라 생각합니다.

　3권 초반은 유나가 왕도로 가는 이야기로 구성되어 있습니다.

　왕도로 가려면 며칠의 여정이 필요해 노숙을 합니다. 그 때 활약하는 게 곰 하우스죠.

　따뜻한 방에 따뜻한 침대, 그리고 욕실까지 완비된 곰 하우스. 휴대가 가능하다면 꼭 가지고 싶네요.

　번외편에서는 피나, 노아, 미사, 이렇게 세 소녀가 함께 움직입니다.

성을 견학하고, 노점을 돌아다닌 세 소녀는 『곰 님 팬클럽』의 회원 카드를 받게 됩니다.

유나가 팬클럽의 존재를 알 일은 없겠지만, 알게 됐을 때의 이야기도 쓰고 싶기도 하니 이후 이야기에 등장할 수 있을지도 모르겠습니다.

7월에는 4권이 발매될 예정입니다.[#3] 즐겁게 기다려주시면 감사하겠습니다.

그리고 029 선생님, 곰 하우스와 그림책 등 제멋대로인 부탁을 들어주셔서 감사드립니다.

게다가 일러스트에 시아, 플로라 공주가 더해져 집필할 때 이미지가 매우 쉬워졌습니다.

마지막으로 이 책을 내는데 신세를 진 모든 분들께 감사 인사를—.

오타 등으로 신세를 진 교정자님, 담당 편집자님, 출판사 여러분, 고맙습니다.

2016년 3월 길일 쿠마나노

[#3] 7월에는~예정입니다 일본에서의 단행본 발매일 기준.

■역자 후기

안녕하세요, 여러분~! 『곰 곰 곰 베어 3권』으로 돌아온 번역가 김보라입니다.

재밌게 잘 읽으셨나요? 이번엔 전편보다 조금 더 스케일이 커졌죠? 역시 우리 유나 언니(←;;)예요!! 멋있습니다!(웃음)

귀족에 왕족, 국왕까지 만나게 된 유나 언니의 활약상! 게다가 이번엔 피자까지 만들었어요! 아니, 유나 언니는 못하는 게 뭘까요? 이렇게 다재다능한 은둔형 외톨이 보신 적 있으세요? 우리 유나 언니가 그렇다고요!(우쭐)

저도 한 번쯤은 유나 언니가 있는 이세계로 가보고 싶을 때가 있어요. 물론 마물들은 무섭지만 그건 우리 유나 언니에게 맡기고(응?) 가서 곰돌이와 곰순이에게 안겨서 잠들어 보고 싶을 때도 있어요. 촉감이 어떨까…… 해서(웃음). 그리고 독자님들! 유나 언니 팬클럽 1호는 저 아닌가요? 제가 껴야할 것 같은데?! 1호는 못하더라도 나도 저 팬클럽에 들고 싶어요……. 카드 받고 싶어요……(쩝). 이런 제 속도 모르고 유나 언니는 크리모니아로 빵집을 만들러 갔다는데 앞으로 또 어떤 일들이 일어날지 여러분들도 궁금하시죠? 같이 4권을 사러 갑시다(은근슬쩍)!!

이상으로 『곰 곰 곰 베어 3권』의 역자 후기를 마치겠습니다.

매번 저를 믿고 귀한 기회를 주시는 L노벨 편집부에 감사드리며 앞으로도 신뢰 받을 수 있는 번역가가 되도록 노력하겠습니다. 『곰 곰 곰 베어 3권』을 읽어주신 모든 분들께, 그리고 항상 제 옆에서 열심히 지지해주시는 모든 분들께 감사드립니다. 4권에서 봬요!

2016년 좋은 날

역자 김보라 올림

곰 곰 곰 베어 3

1판 1쇄 발행 2017년 6월 10일
1판 5쇄 발행 2021년 9월 27일

지은이_ Kumanano
일러스트_ 029
옮긴이_ 김보라

발행인_ 신현호
편집부장_ 윤영천
편집진행_ 김기준 · 김승신 · 원현선 · 권세라
편집디자인_ 양우연
관리 · 영업_ 김민원 · 조인희

펴낸곳_ (주)디앤씨미디어
등록_ 2002년 4월 25일 제20-260호
주소_ 서울시 구로구 디지털로 26길 111 JnK디지털타워 503호
전화_ 02-333-2513(대표)
팩시밀리_ 02-333-2514
이메일_ lnovelpiya@naver.com
L노벨 공식 카페_ http://cafe.naver.com/lnovel11

ISBN 979-11-278-4159-1 04830
ISBN 979-11-278-3067-0 (세트)

값 8,800원

*잘못된 책은 구매처에 문의하십시오.

데이트 어 라이브 1~15권, 앙코르 1~6권, 머테리얼

타치바나 코우시 지음 | 츠나코 일러스트 | 이승원 옮김

4월 10일, 새 학기 첫 등교일.
이츠카 시도는 평소와 다름없는 일상을 보내고 있었다.
갑작스러운 충격파로 파괴된 마을 한가운데에서 소녀와 만나기 전까지는―

세계를 부수는 재앙, 정령을 막을 방법은 단 두가지.
섬멸, 혹은 대화

정령과 만나게 된 시도는,
세계의 멸망을 막기 위해 데이트로 정령을 꼬셔야하는 운명에 처하게 되는데!?

세계의 멸망을 막기 위한 데이트가 시작된다―!!

ANIPLUS TV 애니메이션 방영 화제작!!

© Hiro Ainana, shri 2016 / KADOKAWA CORPORATION

데스마치에서 시작되는 이세계 광상곡 1~8권

아이나나 히로 지음 | shri 일러스트 | 박경용 옮김

한창 데스마치를 치르던 프로그래머 스즈키 이치로(29).
「사토」란 닉네임을 쓰는 그가 잠시 잠들었다 깨어나 보니
듣도 보도 못한 이세계에 방치되어 있었다!
혼란에 빠질 틈도 없이 눈앞에는 처음 보는 괴물의 대군이 다가오고,
하늘에서는 유성우가 쏟아진다.
정신을 차리고 보니, 최강 레벨의 힘과 막대한 부를 손에 넣었는데……?!
이렇게 사토의 「유유자적, 가끔 시리어스, 그리고 하렘」인
이세계 모험담이 시작된다!!

**최강 레벨과 막대한 재보를 가지고
시작되는 유유자적 이세계 관광!!**

라이트노벨의 새로운 빛! L노벨의 신간은 매월 10일에 발매됩니다. http://cafe.naver.com/lnovel11

변변찮은 마술강사와 추상일지 1권

히츠지 타로 지음 | 미시마 쿠로네 일러스트 | 최승원 옮김

알자노 제국 마술학원에는 학생들도 기가 막혀 하는
한 변변찮은 마술강사가 있었다.
그의 이름은 글렌 레이더스.
수업에 뱀을 가져와서 여학생들이 무서워하는 모습을 감상하려다가
오히려 그 뱀에게 머리를 물리질 않나…….
도서관에서 실종된 여학생을 구하러 갔다가, 오히려 본인이 겁에 질려서
파괴 주문으로 도서관을 날려버리려고 하질 않나…….
수업 참관 일에는 웬일로 성실하게 수업을 하나 싶더니 곧 본색을 드러내고……
그런 마술학원에서 벌어지는 변변찮은 일상.
그리고— "……꺼져라, 꼬마, 죽고 싶지 않으면."
글렌의 스승이자 길러준 부모인 세리카 아르포네아와의
충격적인 만남이 수록된 『변변찮은』 시리즈 첫 단편집!

본편 TV애니메이션 방영중!!

금색의 문자술사 1~5권

토모토 스이 지음 | 스마키 슌고 일러스트 | 김장준 옮김

식사와 독서를 사랑하는 『아웃사이더』 고등학생 오카무라 히이로는
같은 반의 리얼충 네 명과 함께 이세계로 소환됐다.
《용사》가 되어 인간국 빅토리어스를 구해달라는 왕녀의 부탁에 들뜨는 리얼충들,
그런 와중 밝혀진 히이로의 칭호—《말려든 자》?!
원래 세계로 돌아갈 방법은 없다. 용사들과 장단을 맞출 생각도 없다.
하지만 기왕 하게 된 이세계 라이프,
적은 문자의 이미지를 발현하는 히이로만의 능력《문자마법》을 사용해
미지의 요리와 책을 찾아 홀로 모험에 나선다!
이세계에서도 고고한 『아웃사이더』 노선을 관철하는 히이로는 아직 모른다.
이윽고 히어로라고 불리게 될 자신의 미래를⋯⋯.

소설가가 되자 사이트에서
조회수 2억 6천만을 돌파한 초인기 대작

라이트노벨의 새로운 빛! L노벨의 신간은 매월 10일에 발매됩니다. http://cafe.naver.com/lnovel11